JN138327

言の葉便り　花便り

北アルプス山麓から

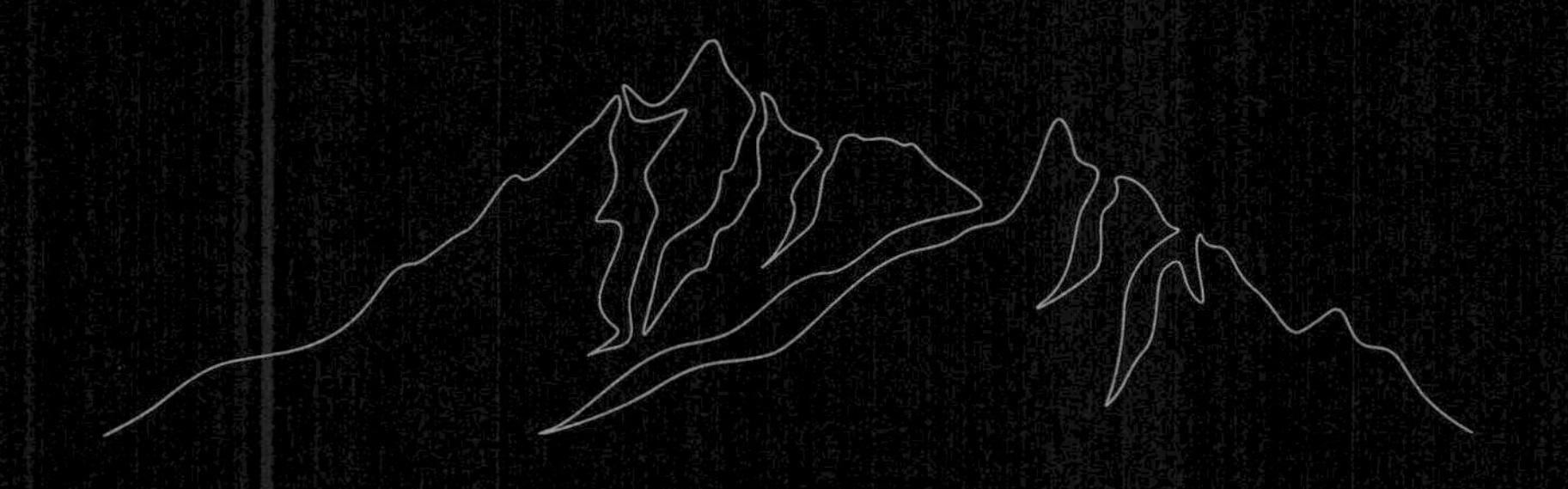

丸山健二

田畑書店

言の葉便り　花便り

北アルプス山麓から

●目　次●

初めまして

いつの間にやら八十歳になりました。長いこと文学の創作に携わり、あと二年もすると六十周年を迎えます。

なぜか元気です。肉体のほうはまあまあといったところですが、精神のほうは苦労性のせいなのか研ぎ澄まされる動きを止めません。二十三歳の春に結婚した二つ年下の妻と、今年で七歳になるタイハクオウムの「バロン君」と共に、代わり映えのしない分だけ幸福かもしれない、単調な暮らしをきょうもまただらだらとくり返しています。

思うと、前半生は多趣味でした。オフロードバイクや大型犬や釣りや冒険旅行に明け暮れていました。でも後半生は、なんと庭造りに嵌まっています。かつてはバラ一色でしたが、今では野生種のツツジとワイルドローズとシャクナゲなどでまとめ、物する文学作品と同様に進化と深化の方向をめざしているつもりなのですが、はてさて完成はいつになることやら。

そして今また、性懲りもなく冬のど真ん中に佇んでいます。温暖化のせいなのか積雪量が年々減ってきており、後期高齢者としてはかなり楽をさせてもらっています。除雪機の出動回数も少なく、屋根からの落雪の危機回数も大幅に減りました。

それでも零下十度前後の気温はさすがに身に応えます。その一方においては芽吹きを待つ気持ちが募り、というか、今年が最後の花見になるのではないかという切ない焦りに駆られたりもします。

たぶん、その反動のせいでしょう。凛とした夜明けの執筆では頭が異常なまでに冴え返り、言霊に限りなく近い言の葉が束になってどっと溢れ出ます。老いてもいいことはあるものだと、そう受け止めることにしています。

寒さも峠を越えてきますと春への期待が日一日と高まってゆき、年甲斐もなく弾む心が寿命を延ばす動力源のように思えてなりません。

命の糸が紡がれている限りは、悲しいまでに儚い一個の存在者として、より高きを目指す執筆者として、より癒しを求める作庭家として、過酷な世を生き抜くための、しかし肩ひじの張らない言葉や、花々がそっとささやきかけてくる言葉を、この田園地帯の片隅から、どこまでもさりげなく発信してゆくつもりです。聞くともなしに聞いていただければ嬉しい限りです。

無数の蕾が、沈黙によって未来を語っています。

厳冬に磨き抜かれた木々の感性が、今この時の世の有り様を語りつつあります。

「互いに生き抜こう」とは私の口癖です。

何はともあれ、生きてみようか

標高七百五十メートルに位置する我が家では、春の足音の最たるものはなんと言っても雪崩の轟音に止めを刺すでしょう。

鋭く切り立って西に聳える高峰がまばゆい旭光に照らされてバラ色に輝き始め、そのしばらく後にあちこちの急斜面から雷鳴に似た重低音が発生し、南国育ちのタイハクオウムのバロン君はただもう恐怖に駆られて慌てふためくのですが、しかし、地元民にとっては待ちに待った季節の到来の証(あかし)以外の何ものでもありません。

花火大会の始まりを告げる最初の一発と同じで、わくわく感を禁じ得ず、ひいては今年もまだ生きられそうだという能天気な実感を、けっして大袈裟ではなく、ひしひしと覚えてしまうのです。

山々が冬眠から目覚めると、残雪に覆われた大地もまたそれに倣って起き上がる準備を始めます。すると、身も心も強張らせて冬を耐え忍んだ人間と野生の動物たちもまた、死んだふりを止めにして、躍動のための生の爆発にときめきを感じないではいられません。

私好みの結集である、さまざまな種類から成り立つ植物群はというと、相も変わらずの沈黙を頑なに守ってはいるのですが、それでもしかし、蕾を膨らませる力の波を無視することなどはできません。

気早なサンゴカエデなどは居ても立ってもいられないのか、すでにしてその枝の赤色を一段と濃くしています。また、野生種のツツジの仲間で最も早咲きのアカヤシオツツジは、自分のほうから開花の時を引き寄せつつあるのです。

そうはいっても春一番の到来はまだまだ先のことで、真冬並みの寒風のひと吹きによって季節が逆行するといった日を幾度か繰り返さねばなりません。

その焦れったさが一層期待感を煽り、生きとし生けるものが落着きを失って、ただもうむやみやたらとそわそわし、「命さえあればきっと何かいいことがある」という毎度お馴染みの、根拠なき期待感へといざなわれます。

そしてこの冬もまた、厳寒に閉ざされたがために発生した御神渡り（おみわたり）よろしく、魂の湖面を人間的にして文学的な言葉が突き破って飛び出しました。創作活動を止められない所以が、きっとここにあるのでしょう。

死については死んでから考えようと、そう遠ざかりつつある冬が呟きました。

どっこい　死んでたまるかと、そう雪囲いを解かれたシャクナゲがうそぶきました。

むっくりと起き上がった私は言いました。

「さて、今年も生きてみようか」

何が面白くて生きるのか

妙に生温かい雨が降っています。春の前触れのそれとして受け止めたいのはやまやまなのですが、どこかに不気味なものが感じられて、素直に喜べません。

残雪の八割方が消えて、朽ち葉で覆われた庭の面が剝き出しになっています。そのまだら模様を三階の窓から眺めているうちに、いよいよ季節の混乱が本格化したのではないかといいささか心配になり、そう長い寿命を与えられているわけでもないのに、青春時代に覚えたような安っぽい焦燥感に駆られます。

しかしまあ、一瞬たりとも同じ空間に留まっていない、すべての存在の端くれとしては「さあ、殺せ」とでもうそぶいて居直るほか術がありません。

因みに、一介の凡夫としての私は、生きても生きても悟りの境地とやらに迫ることができず、それどころか、不安と怯えの数が増すばかりで、救いようがない体たらくです。愚痴をこぼしたところでどうにもならないと承知しながら、口をついて出るのはぼやきのあれこれと、〈限界高齢者〉に特有の遣る瀬ないおくびのみです。

とはいえ、いつしか知らず魂に限りなく近いところまで肉薄した精神性はと言いますと、いやに潑剌としており、年寄りの冷や水のひと言では片づけられない何かを秘めていそうに思えてしまうのは虚勢の変形なのでしょうか。

午前二時半から三時のあいだに二階の寝室を離れて三階の書斎に籠もり、あたかもひと昔前の宇宙食に似た二種類と数種類のサプリメントを手早く白湯で流しこんでから、現在進行中の新作を推し進めるために、気負いのかけらもなしにパソコンを開きます。

そこからが実に不思議なのですが、右脳と左脳が瞬時にしてフル回転を始め、一時間半から二時間の没頭へとのめりこみ、書き言葉との格闘の醍醐味を存分に味わった後、少しばかりぐったりして一階の居間へ降りて、寝起きの悪いタイハクオウムのバロン君に声をかけます。妻は爆睡中です。

そうした暮らしが一年中ほぼ休みなくくり返され、すでに長い歳月が流れ、私にとっては生真面目で堅苦しいそのサイクルが、好き嫌いは別にして、生きる証にまで昇華されていることは間違いありません。

もちろん私とても、あまりに月並みな一生を送りたいとはゆめゆめ考えてはいません。出来得ることならば、この世を大観しながら常命を経て静かにあの世へ旅立って行きたいものだと、そう願って止みません。


「何が面白くて生きているのか？」とバロン君が毎朝仏頂面で尋ねてきます。

それに対しての私の返事は決まっています。

「おまえこそどうなんだ？」

この世のいっさいは幻想

冬のあいだに落下した枯れ枝を拾い集めています。

こうして庭仕事が始まるのです。

枝の太さは、小指大の物から、脳天を直撃されると死ぬかもしれない、凶器とも言える代物までとさまざまです。雪と突風がもたらす剪定なのですが、魅せる庭造りとなると、どうしても自然任せにはできず、人の手を加えねばなりません。

それにしても時間の恐ろしさときたらこれまた格別で、種から育てたブナが、この数十年間で呆れ返るばかりの生長を遂げ、今や巨木への道をひた走っています。寿命が尽きる前にこんなに大きくなるとは夢にも思っていませんでした。ただもう驚きです。

かつてはそれを燃やしての処理でしたが、近頃では、生垣の火事が心配ですので細かく裁断し、落ち葉と混ぜて土に還すことにしています。数年も経たないうちに理想的な肥料となります。

自分の骸も同じようにリサイクルされたらいいのでしょうが、関係者が嫌がるのでそうもゆきません。それに法的な問題もありますから。

かつて犬を飼っていたことがありました。当然ながら人間のようには長生きしません。特に大型犬は短命で、長くても十年程度です。

こうした田舎ではペット専門の葬儀屋さんはおらず、飼い主自身がどうにかしなければなりません。幸いなことに、都市部ではちょっと無理な広さの庭を持っているので、バラの周辺に深い穴を掘り、そこに懇ろに葬ってやりました。

やがて理想的な養分と化したかれらは、オールドローズやワイルドローズの花を立派に咲かせて、まだ死んでいない人間の目を楽しませたものです。そしてちょっと切ないその感動は、共に過ごした素晴らしい時間へといざなってくれました。

なぜかはわからないのですが、愛犬を埋めた場所へ差しかかるたびに、おのれの人生が所定の位置に就いたような、すっきりとした気分になれます。不思議でなりません。そして、生き直すことが可能だという、かなり虫のいい期待が湧き起こってくるのです。

いつしか知らず、楽な暮らしを送りたがる私が姿を消しています。

その代わりに、なんとも心地のいい諦念の境地に浸る私がここにいます。

枯れ枝を小脇に抱えてしばらくその場に佇んでいるうちに、生と死が延々とくり返されることで成り立つこの世に、なんとも遣る瀬ない愛おしさを覚えるのはどうしてなのでしょう。


「この世のいっさいは幻想なんですよ」と朽ち木が口を揃えて言いました。

「命在ることの理非を論じても始まりませんよ」と愛犬の面影が伝えてきました。

幸福は葉陰から覗くサクランボ

名状しがたいほど可憐にして健気なスノードロップが、残雪を割って花を咲かせながら、日陰のそこかしこでさりげない笑みを浮かべています。

そして、これに似た種類のスノーフレークもまた、その後を追いかけるようにして春の先取りに余念がありません。

日の光の下に群れ集う彼女たちの笑いさざめく声が聞こえてくるようです。球根に秘められた生命力の逞しさにはほとほと感心させられます。目にするたびに動的な生命の輝きに胸を打たれてしまいます。

花はどれも、開花と同時に無垢そのものの魅力を発します。

清水で目を洗われているかのごとき心地です。

とりわけこの種は、美を旨とする精神のどこかを大いに刺激して、三千メートル級の高峰から激しい風の音が吹き降りてきても、なんとしても生き抜かねばという強い心組みを支えてくれるのです。

おまけに、小説家なんて茶番染みた人生ではないかという、声なき声の揶揄を物の見事に打ち消してくれることも間々ありました。ちまちまと今を生きる者にとってはちっぽけな救いであります。

しかし、絶大なる効果が潜んでいて、きょうとあしたを生き抜くための原動力の一端を担ってくれたりもします。

そうした救済の意味を込めた小花に囲まれているうちに、自分の名前なんぞは必要に思えなくなり、さらには、自身の居場所へのこだわりがたちまち薄れてゆくのです。

併せて、ねじくれていた思考が水平に戻りました。ついで、足取りも軽く故郷へと向かう若者の後ろ姿が、ぽっと脳裏に浮かびました。

小鳥のさえずりに我に返り、ふと頭上を見上げると、尾羽の振り方に愛嬌を覚えずにはいられない、しかもとても人懐こい野鳥、あのジョウビタキが、まだ閉じたままの蕾に覆われているサンショウバラの枝から枝へと飛び移っていました。今年もまた訪れてくれたのです。例年の訪問者に違いありません。勝手にそう決めつけています。

素早いその姿を目で追っているうちに、感傷的な気分やら、難解な真理やらがあっさり飛び去って行く様子が確認されました。

よくまとまった生涯であるとはとても言い切れませんが、しかし、これはこれでそう卑下した一生でもないようです。そんな予感が頻りの一日になってくれました。

「幸福なんて葉陰から覗くサクランボだよ」とジョウビタキがうそぶきました。

「迷夢から覚めたときから真の生が始まるのです」とはスノードロップの独り言です。

いいよねえ、この感じって

いつになくうららかな昼下がりです。

春一番とおぼしき風が感知されました。

陰陽を調和する気配が濃厚です。

光と熱を放射する恒星の勢いが増してきています。

夢見るような心地の刹那、季節の境界線とやらが眼前を過(よぎ)ったのです。

すると、どうでしょう。

慎ましやかに過ぎる暮らしに埋没したまま、それでも自分たちは幸福だと言い張りたがる老夫妻と、もしかするとかれら両人をペットとして眺めているのかもしれないタイハクオウムのバロン君の表情が、なんとも気持ちよく和らぐ方向で一変しました。

そうはいっても、こうしたたぐいの気象現象は、もちろん私たち一家に限った好転の兆しなどではなく、万物をふんわりと包みこむ例年の出来事にすぎず、何も狂喜乱舞するほどのことではありません。

しかしながら、遥か太平洋上からの情の籠もった届け物は、手造りの庭の隅々にまで及んで、その数五百は下らない草と木に期待の身震いを授けたに違いないのです。

それが証拠に、この世を仮象的現実と見る量子力学的観点をなんの苦もなく排除してのけました。

つまり、暖かい風のひと吹きによって死んだ振りから解き放たれたかれらは、厳冬に耐えつつ蓄えてきた情熱の捌(は)け口を、トレジャーハンターのごとき鋭い嗅覚によって探り当てたのです。

そして、目に見えそうなほどの濃厚な浮き浮き感たるや、「文学なんてどうだっていいんじゃない」だの、ひいては「人生なんてどうだっていいんじゃない」だのという、どこか自棄気味にして楽天的な方向へと導いてくれそうな、底なしの堕落をよしとするような、そんな〈前向きな退廃〉にどっぷりと浸らせてしまうのです。

そう、これぞ春が持参する最大の手土産にほかなりません。

もうひとりの私が「ヨッ、待ってました！」と叫んで大はしゃぎしています。

妻はというと、なんとその顔に、二十代前半にのべつ浮かべていたあの潑剌たる笑みを、しっかりと取り戻しているではありませんか。

偉大な爛漫を予告する大気の大移動に敵う相手など存在しないのでは……。

美の希求の足を引っ張りつづけてきた寒い季節の名残は、もう影も形もありません。


「いよいよ俺さまの出番だな」と言って、南国育ちのバロン君が胸を張りました。

「いいよねえ、この感じって」と楽観主義者の最たる妻が三度もくり返しました。

春の嵐の最中に

春の嵐というやつが、朝っぱらから乱暴狼藉に及んでいます。

地元民が言うところの〈アルプス颪(おろし)〉なる強風が吹き荒れているのです。

ここ半世紀以上の間に経験した一番の台風であっても、例年のこれに優るほどの凄さはありません。

細長い三階建ての家がぐらぐら揺れるたびに、鳥類とはいえあまりに学習能力が低いタイハクオウムのバロン君がびくつき、この世の終わりが訪れたとでも訴えるかのように、大袈裟な叫び声を連発します。その悲鳴を聞きつけた他人は、きっとここを恐怖の館とでも疑うに違いありません。

バロン君とはあべこべにとことん能天気な妻は、気象の変化なんぞにまったく反応を示さず、我関せずといった堂々たる態度を保ち、外の世界に対して完全無視という非情なる距離を置いています。いつもながらの無神経ぶりにはほとほと感心させられてしまう、長い結婚生活における収穫の一端とでも言ったらいいのでしょうか。

そして愛すべき庭の唯一無二の責任者たる私は、ひょろ長く伸びた若木が弓なりにしなっている様子にひやひやし、次の瞬間に幹がぼっきり折れるのではないかと深刻な想像をくり返し、猛烈な風の波状攻撃にただもう手を拱(こまね)いて成り行きを見守るばかりです。

思えば、七、八年前までの我が体力と気力は、これしきの自然の暴威に真正面から立ち向かえるやせ我慢の情熱くらいは具えていました。こうした嵐の最中であっても、二メートルの脚立のてっぺんに立ち、五キログラム以上もあるヘッジトリマーを自在にぶん回し、生垣の剪定を数時間連続してやってのけていたものです。

あれは夢だったのでしょうか。

しかし、いくら若ぶったところで寄る年波に勝てるはずもなく、危険極まりないその作業に限ってプロに頼むことに決めました。もし隣接しているコンクリート製の側溝へでも落下したら、それこそただでは済まず、大腿骨はおろか背骨だって破壊されかねません。

そうはいっても、強風が悪さだけやってのけるというわけではなく、日が当たらなかったり混み合っていたりが原因で枯れた枝を綺麗に払ってくれ、大いに助かっています。

悪条件とはいえ、吹き荒れる突風のなかで庭仕事が、見た目ほど悲壮感に苛まれることはありません。むしろ、何とも摩訶不思議な高揚感に五体と霊魂が包みこまれて、それまであやふやであった存在感と、軟(やわ)になりがちな心組みがビシッと引き締まるのです。

「未来の敗北を想像させるのは、そう、おまえ自身なんだよ」と突風がまくし立てます。

「たかがこれしきで戦々恐々とするな。見苦しいぞ」とバロン君をダシにして自分に言ってやります。

駄目なものは駄目

テレビのニュース番組なんぞで桜が五分咲きだの満開だのというお先走りの映像が流されるたびに、うんざりするほどの長い冬を経て募るだけ募った美の感動への期待感がどんどん目減りし、肝心の我が庭の花々が大分遅れて笑む頃には感激もかなり薄まってしまっているのです。

それが癪で、この季節には先取りの開花動画を関心の外へ放り出すことにしています。

そしてなお、ソメイヨシノを軸にした有名観光地の桜のたぐいは間違っても植えまいと固く心に誓いました。

自分に死が訪れることなどあり得ないという、無邪気な幻影の余韻がまだ少しばかり残されていた、十数年前のことです。

　しかしまあ、そうはいいながらも桜への郷愁的な憧れは捨てがたく、そこでおのれへの妥協案として、匂い桜と称される種類を数本購入しました。バラ科の生長の速さには目を見張るものがあり、あっという間に枝葉を広げたかと思うと花を咲かせ、謳い文句通りの柑橘系の芳香を放ち、風が吹くたびに得も言われぬ心地に陶酔させられました。

　おまけに、香水用で名を馳せたバラも顔負けの、一本ずつ微妙な差がある上品な匂いを、これでもかとばかりに昼となく夜となく放ちつづけ、そんな恍惚の最中、妻がいみじくもこんな過激な言葉をさらっと吐いてのけたのです。

「ほかの植物なんて全部要らないんじゃない」

　確かにその時点では私もまったく同感で、反動的にして改善的な思考の台頭する余地など毛ほどもありませんでした。

　ところがです。

　ある程度の大きさに達しますと、なぜか樹勢がみるみる弱まり始め、冬の峠を越えるたびに枯れ枝の数が新枝のそれを上回るようになったのです。当然花の数も減り、ついには全滅の憂き目を迎えるに至りました。察するに、気候風土に適さなかったのでしょう。さもなければ、表に出てこない陰湿な病気にやられたのかもしれません。

そこで一旦は桜からの撤退を余儀なくされたものの、庭にぽっかりと生じた虚無的な空間を他の草木では埋められそうにはないと切実に感じ、苦慮の末、一般的な桜ほどは大きくならないマメザクラに注目し、その種類の多さに惹かれて、五本ほど取り寄せました。

普通の桜に比べると成長がやや遅く感じられ、近頃ようやく小粒の花をちらほら咲かせるまでになりました。期待以上の美花です。果たして彼女たちの運命は如何に……。

「駄目なものは駄目なんですよ」とは、植物に詳しい知人の言い得て妙なる真理です。

「植えてみて十年くらい経たなければわかりませんよ」もまた彼の名言なのです。

時は常に朧なり

人生の荒波を想い起こさせずにはおかぬ、大小の厄介な問題をその場しのぎのやり口でどうにか乗り越え、今年の庭もまたいかにもそれらしく見えてしまう絶頂期を迎えつつあります。

年々体力が落ちてゆく高齢者らしからぬ奮闘の成果としては、まあ、まあ、こんなものでしょう。そう自分に言い聞かせながら嘘っぱちの満足感に浸ることにしました。

つまり、他人から見ればどこが面白いのかさっぱりわからない、あまりに地味であまりに労が多い力仕事の継続の結果が文字通り花開いて、作り手以外は理解しようもない、ときめきと呼べなくもない感動の端くれを、恩着せがましい植物群から授けてもらえたのです。一応はありがたがっておくべきところでしょうから、ここはそうしておきます。

主に亜高山地帯のさまざまな野生のツツジと、その変種、我が国固有のものと外国のものが配置されたシャクナゲと、その変種、ほかにお気に入りの木と草が多数。

それらの開花が複雑に絡み合って織り成す空間のど真ん中に八十年間生きた身をそっと置き、色とりどり、形状さまざまな花が奏でる、不協和音を多用した現代音楽的な交響曲に陶然となる数日間、意味深さに満ちあふれた世界は我が物と化し、というか、そんな大いなる錯覚に捉われて、「真の偉大さが誇る美とはなんぞや」と言う大仰な分だけ青臭い問い掛けの答えが眼前に展開され、自己満足の境地にぐいぐいと引きずりこまれてゆくのです。

そんなときの私の顔はおそらく、らしからぬ柔和な笑みを浮かべているかもしれませんが、実際には、こびり付いた生活の垢のせいで微笑とは程遠い代物かもしれません。

しかし、そんなことはどうでもいいのです。

精神の蟄居が突然解除されたかのような、あるいは魂の餓死から免れたかのような、そんなひと時に浸ることができれば、一年の苦労が報われたことになり、ひいては、未だ実現されぬ理想的な幸福の入り口に立てたのではないかという、まさにその一瞬を味わえるのですから。

骨の髄まで沁みていた悪しきものが、満開の庭に次々に吸い取られてゆくこの実感は、もちろん大いなる幻想にすぎません。それでもなお、咲き匂う千草の助力と相まって、ひょっとすると天国の花園とやらに勝てたのではないかと自惚れが恐れ気もなく発生します。

そんなとき、背後に投げかけられる視線をふと感じて振り返ると、タイハクオウムのバロン君を腕に止まらせた妻がガラス窓にべったりと顔を押しつけていました。

「時は常に朧なり」と唄っているのは白系の花です。

「つたなき運命も努力次第」と力説しているのは赤系の花です。

美の基準はどこに

「花の命は短い」とは、言い古された真理のひとつで、女性の美とも重ね合わせた代表的な形容として固定化されています。

ところが、異性との付き合いはともかく、植物とのそれだけは長く、恋愛小説を侮りつづけてきた私のような物書きにとってみれば、説得力にあふれた言葉であるかどうかは甚だ疑問なのです。

それというのも、どれほど美しかろうと花期が長いとしまいには飽きに耐えられなくなるからです。つまり、散る時に散ってくれない花は、残念ながら美の価値を半減させ、のみならず、愛想尽かしの対象にまでされかねません。

その典型的な例がサルスベリで、夏中ずっと満開を保って衰退の気配すら見せないために、鑑賞者の目は次第に濁りを帯びてゆき、秋風が吹く頃には見向きもされない落花を迎えます。

「良かったな、おまえは」と妻に言ってやりました。

すると間髪を容れずに、「それって誉め言葉?」と突っこまれました。

タイハクオウムのバロン君が「ギャア　ギャア!」と忖度の絶叫を発しました。

適切なたとえであるどうかはわかりませんが、もしその個体数があれほど膨大でなければ、鳥類における美の王者はクジャクに間違いないでしょう。要するに、希少価値であるかどうかで美の基準が左右されるのです。そして花も同様ですが、数が多い場合は花期の短さが高く評価されたりもします。

美容整形とまったく同じ意味で、ドライフラワーが嫌いです。

永遠の美が実存することはあり得ませんが、仮にそれらしきものが在ったとしても、それは〈美もどき〉の不気味な代物でしかないのです。そうした意味では、もう少し咲いていてほしかったと思わず呟きたくなる花こそが、真の美花と定義づけられる本物ではないでしょうか。

とはいえ、結局のところ美は錯覚の産物にすぎません。時と場所、そして出会いのきっかけとその回数などによって、美の尺度は人それぞれなのです。また、同一人物であっても、その時々の気分によって微妙に異なってきます。

ともあれ、私の庭を彩る花々はすべて散り際なるものをよくよく心得ており、適切な余韻をもって翌年の感動へといざなってくれます。否、そうとばかりは限りません。二つか三つくり返し咲く種類が混じっていますが、まあ、それくらいならばよしとしましょうか。

「朝露と朝日に照り輝く花が一番!」と叫ぶのは、夜明けを待って集まる夏鳥です。

「夕庭を飾る花こそが花のなかの花!」と言い張るのは、斜光の務めなのでしょうか。

物事の始まりは決まって華やか

かつては紅葉よりも黄葉に惹かれたものです。その理由については我ながらよくわかっていません。

想像するに、たぶん、明るい未来を表象するかのような見事な黄色に目を射られると、いかにも文学的な厭世気分がいっぺんに吹き飛ばされたかのごとき、そんな錯覚に陥るからでしょう。

黄葉する樹木で一番好きなのはダンコウバイです。この低木は日陰を好み、森や林のなかでなんとも形のいい大きめの葉を広げて、秋には和風にして上品な黄色に染まるのですが、出会うたびに我が家の庭にも是非と思ったものでした。ところが、どういうわけか植えても根付かないのです。悉く失敗に終わりました。

現在残っている、園芸種として購入した斑入りのダンコウバイもただ枯れていないというだけのことで、あれから数年を経たにもかかわらず生長の兆しが一センチも認められないのはなぜでしょう。

そこで二番目のお気に入りであるイタヤカエデを取り入れました。これがまた異常なまでに生命力に富んでいて、みるみる大木と化し、星の形をした夥しい数の大きな葉を見事な黄色で染め上げてモミジの紅葉を蹂躙するのです。ために、移植した数が圧倒的に過ぎて間引きせざるを得ない状況に追いこまれました。

モミジ系とカエデ系が織り成す赤と黄のだんだら模様の真下に佇むときの気分をどう表現すべきでしょうか。美徳を養うそれとは正反対の、呪いでもかけられたかのような、かなり危険な陶酔感へと導かれ、この瞬間に寿命が尽きてくれたらどれほど素晴らしい最期になるであろうなどと、心にもない期待感に弄ばれてしまいます。

そうなると、反骨の精神も、自由の拡大も、真面目の発揮も、無用の長物と化してしまい、残るは官能への道筋のみとなって、胸裏に秘められていた人生への思いの丈が綺麗に滅してしまうといった体たらくです。

しかし、今この季節のそれらは、芽吹きの潑剌たる若緑と淡い黄色の小花に飾り立てられて、爛漫たる春を謳歌している真っ最中です。ムラサキヤシオやシロヤシオといった亜高山地帯を好むツツジの花の引き立て役に徹し、ボリューム感をもってこの三百五十坪の空間を精いっぱい盛り上げています。その時その時の自分の役割をちゃんと心得ているところが、なんと健気でしょう。おのれ自身のどこをどう探してみたところで、そんな殊勝な長所など発見できません。

「物事の始まりは決まって華やかなものだ」とは、けだしカエデの名言。

「ここには慨世（がいせ）が蔓延（はびこ）る余地などないぞ」とは、いみじくもモミジの妄言。

ヤドリギはどっち

冬期の渡り鳥であるレンジャクが群れをなして飛んできた際に、美しい姿のかれらが粘着性の強い糞といっしょに種を落としたに違いありません。

そして時が経ち、ヤドリギがイタヤカエデの枝のそこかしこから芽を出したのです。気づいたときにはもうほぼ占領されていることが、晩秋に葉が落ちて樹形が丸裸になって初めて判明しました。

しかしながら、その時点ではさほど気に留めていませんでした。敵が小さ過ぎて、さほどの影響はないだろうと高をくくっていたからです。現に、黄色い実をいっぱいにつけるヤドリギの風情にはそれなりの美が感じられ、「こういうのもまたいいよな」などと粋人気取りの言葉を吐きながら、数年後には危機感を覚えるに至ったのです。

養分をちっぽけな侵略者どもに吸い取られた大樹がみるみる勢いを失ってゆき、太い枝が一本ずつ枯れ始め、全体としての惨めったらしさがどんどん募り、さりとて高さのせいで手の施しようがなく、ほったらかしにしているうちに着生した自身までもが衰弱の一途を辿り、突風が吹くたびに落下するまでになりました。

それにしてもヤドリギはなんたる生涯を送るのでしょう。鳥の餌として種子を運ばせて、排せつ作用を利用してほかの木に寄生し、付けた実をまた鳥に運ばせ、そのくり返しによって仲間をどんどん増やしてゆくのです。

幸いなことに犠牲者はその木一本だけでした。

憑りつかれたイタヤカエデはまだ完全に枯死したわけではありませんが、時間の問題でしょう。併せて、絡ませておいたワイルド系の白い蔓バラの寿命も定まりました。動物もそうですが、植物もまた激しい闘争の世界を日々潜り抜けているのです。

闘いは生を授かった者たちの宿命なのでしょう。道理でこの世から侵略戦争が消えて無くならないわけです。これが天の裁きに従う道でしょうか。そうではないと願いたいのですが、この惑星を占める現実ときたら、残念ながらこのありさまです。

因みに、個体差に富んだヤドリギを鉢に植えたり地植えにしたりして楽しむマニアがいます。かれらのあいだではかなりの高額で取引されていると聞きました。そこで欲の皮を突っ張って移植を試しましたが、方法が間違っていたのか、さもなければ儲けようという性根が腐っていたのか、成功はしませんでした。

「自分がヤドリギではないと断言できるのか？」という質問が飛ばされました。

そう偉そうに訊いてきたもうひとりの私に向かって、この私はきっぱりと言い返してやりました。

「おまえこそが俺のヤドリギだろう」

ほかに道はなかった

勤めていた会社が倒産の危機を迎えて転職を余儀なくされ、しかし、資本家に尻を蹴飛ばされつづける奴隷の立場はもうたくさんとばかりに、なんと、柄にもない、想像したことすらない、小説家の道を、興味も経験もなしに、とち狂ったとしか思えないほどの発作的なひらめきに沿って動いてしまったのです。二十二歳の夏のことでした。

あの時の選択と決断を振り返れば、大いなる謎としか言いようがありません。つまり、職種はほかにいくらでもあったはずなのです。にもかかわらず、社会の敵という言葉に激しく魅せられ、強烈に憧れる余り、密かに悪に生きようとしていたサイコパスの典型が、恥知らずにも、軟弱極まりない文学なんぞをめざしたのです。今でも信じられません。

職場で隣の席で働いていた、ふたつ年下の同僚に言わせれば、自分の将来は犯罪者の妻に違いないとそう本気で思っていたようですが、残念ながらその後の展開としては小説家の女房に成り果てました。運命の皮肉とはまさにこれを指すのでしょう。

そして私は、好きでないどころか、半ば軽蔑していた文学の世界へ身を投じる経過をさほどの苦労もなしに辿りました。ぬめぬめした印象に塗りこめられた文学自体もさることながら、遠目にも胡散臭く見え、どうしても生理的に受け付けられない文壇なるものに拒否反応を示したものの、好き勝手にやれる自由さが捨てがたくて、ずるずると嵌まっていったのですが、どうしても嫌悪感は拭えず、思案の末にこうした山国へ逃げこみました。

半世紀に及ぶ執筆活動は、大手出版社の担当者をも含めた文学関係者たちとの付き合いが最低限度に留めたなかで細々とつづけられ、やがて、これまで文学と称されてきた代物や文学者のだらしなさに強い疑念を抱き始め、その反証を突き付けるための自作に没頭しました。それでも悶々たる気持ちはいかんともしがたく、ついには自身が版元となって新作を出すという理想の枠組みを整えました。従って、今現在が最高の生活環境と言えます。

独創的な庭造りと、画期的な文学創り、この二本柱が私をしっかりと支え、八十歳を迎えてもなおその姿勢がぶれる気配がないどころか、進化と深化を求めて走りつづけます。
価値観の表象たる花々に囲まれて執筆の緊張感をほぐすひと時、ひょんなことから始まった、思いも寄らぬ人生を、ごく控えめに肯定できそうな空気が一面に漂います。今にして思うと、最適の道を歩んだのかもしれません。妻の眼差しに同感の色が浮かんでいるように思えてしまうのは、自惚れの為せる業なのでしょうか。

「そんなおまえだからこそ文学に向いていたのさ」と呟いたのは、詮索好きのタイハクオウムのバロン君でした。（個人の印象ですのであしからず）

「ほかにどうしようもねえだろうが」と悪態をついたのは、私が潜り抜けてきた、良い意味にも悪い意味にも取れる、遊びの気配が濃厚な長日月そのものでした。

華があるのに渋い花

今は亡き、かの高倉健さんが訪ねてくれたことがあります。

みずから運転してきた愛車は見るからに高価そうで、私の家が数軒購入できるのではと想像され、その深々と心地よいエンジン音にも圧倒されたものです。

なお且つ、高名に過ぎる映画俳優が放って止まないオーラには、なるほど、聞きしに勝るものがありました。

彼自身さほど興味があるとは思えない手造りの庭に健さんが佇んだ際には、それはもう自慢の花々が一斉に存在感を弱めてしまったくらいなのですから。

驚きはそればかりでなく、寡黙の権化という世間に罷り通っているイメージにしても大きな誤りだと即座にわかりました。というのも、話好きな私を完全に聞き手の側に追いやってしまうほど冗舌だったのです。しかも、とても気さくな人柄でした。自身の失敗談やら何やらを事もなげにさらけ出し、虚像を現実の世界に持ちこむことに拘る役者とは一線を画している印象を強く受けました。

別にそこに付け入ったわけではないのですが、「高倉健主演」と銘打った、〈鉛のバラ〉というタイトルの長編小説の許可を恐る恐る願い出てみました。すると、「どうぞ」という簡潔にして明快な即答をもらい、二度目の訪問の際には表紙を飾る顔写真まで撮らせてもらいました。

こっちが撮影する側なのに、それが済むと今度は健さんが自分のカメラを取り出して私と妻に向けたのです。

後日送っていただいたその写真は、芥川賞受賞の際にもらった腕時計でさえ誰かにあげてしまうくらい記念品のたぐいを雑に扱う私が、当時の感激と併せて大切に保管しています。妻に至っては、生涯における唯一無二の宝としているようですが、無理からぬことだと思います。

もしかすると、この庭が方向性を大きく変えるきっかけになったのは、健さんとの出会いのせいであったのかもしれません。つまり、渋さのなかにも華やかさが感じられる空間をめざすという無意識の転向です。そして、現在の庭に発展したのではないでしょうか。

健さんがあっさりと打ち明けてくれた人生劇場から思うことは、徹底した生き方の難しさです。

これまで潜り抜けてきた八十年のあいだに、果たしてこの私なんぞは幾度ぶれたことでしょう。

「華があるのに渋いという、そんな花があるなら植えてみろ」と庭に挑発されました。

困った私は、「文学でなら可能かもしれない」などと答えて、論点をすり替えました。

らしくない小説家？

この三百五十坪の敷地は、もとを質すと、母親が実家から分け与えられたリンゴ園の跡地です。

ところが、こんな辺鄙なところでは利用価値がゼロに等しく、長年ほったらかしにされた結果として全体がススキに埋め尽くされ、要するに荒れ地の典型と化しました。

食材が豊かになるにつれてリンゴの需要は減ってゆき、さらには後継者不足が祟って、見捨てられた農地が増えていったのです。そうした時代の流れに取り残されてしまったこの地は、あげくの果てに若き貧乏作家の住処となったのですが、だからといって気に入って移り住んだわけではありません。

ひとえに資金不足のせいで、ほかに行き場がなかったからという、かなり後ろ向きの決断でした。

後日、知人から聞かされた話では、私が犯罪者となって親戚中に迷惑を掛けないよう、ここで豚の飼育の仕事をさせる算段だったようです。もしそれが本当だとすれば、動物相手では一年を通じて休めないので悪事を働く暇がないと考えたのでしょうか。真偽のほどはともかく、結果としては役に立ったのですから、まあ、よしとしておきましょう。

養豚業ではなく執筆業の拠点となったからといって、この三百五十坪が必ずしも喜んでいるとはとても思えません。なぜとならば、住人が典型的な文学青年ではなく、ために、静かで穏やかな空間とは正反対の、単気筒ツーサイクルエンジンが鳴り響くオフロードバイクの溜まり場と化したからです。地元の警察が幾度か偵察にやってきました。

そうはいっても、正直、今にして思うと、書斎に籠もる暮らしなど私のような者には不向きもいいところでした。激しい行動に駆り立てられて止まない性格の持ち主にとって、田舎での隠遁暮らしというイメージに付き纏う静かな生活は実行不可能で、多大な精神的苦痛を伴う印象でしかあり得ません。

そんな私だったのですが、小鳥や大型犬の飼育、野鯉釣り、そして現在は庭造りと、年齢を重ねるにつれておとなしい趣味へと移行し、文学に携わる者としてようやくそれらしく見えないこともない立場に落ち着いたかのようです。

自分ではそう理解しているのですが、しかし他人にはそう見えないらしく、猛烈な勢いで庭仕事に励み、凄まじい勢いで画期的な新作へと果敢に挑みつづける私のどこにも風流やら俗離れを感じていないようです。

いずれにしても、こんな虻蜂(あぶはち)取らずのところが、はみ出し者の小説家としての落ちなのでしょう。

「本当は何がやりたかったのかね？」と尋ねたのは、河原から運んできた庭石です。

「その人生に心から満足しているのかね？」と訊いたのは、抜き損ねたススキです。

現在より偉大な過去はない

安らぎとときめきという、互いに相反する感動を、素人の造園家に求められつづける庭の苛立ちときたら、「さもありなん」ということなのでしょう。

しかし、極端から極端へと走りがちな、もしかすると自我意識に少々狂いが生じているのかもしれないこの私ときたら、そうした相反する感動の融合を激しく求めて止みません。

いくら真剣に、あるいはどんなにふざけて生きてみたところで、おのれをしっかり確保する方向へなかなか進んでくれない、その理由が未だによくわかりません。

文学における新作への挑戦もまた然りで、どうやらその難関こそが創作の原動力を成しているらしく、ということはつまり、この私が求めている人生がずばりそれということなのでしょうか。もしそうだとしたら、外面的にはともかく、内面的には煩悶の嵐の連続となるはずですが、その自覚はかけらも見あたりません。

それにしても何故にそうしたややこしい感動に浸りがたるのか、我ながら理解に苦しみます。屈折した精神の為せる業と言ってしまえばそれまでですが、そのくせ、人生の目的をどこまでも推進する確固たる意志を持っているのかどうかについては、残念ながら目下のところはただ怪しい限りとしか言いようがないのです。

そんな少々危ない主の身勝手な思いなどお構いなしに、例年の経過に沿ってほぼ期待通りに咲いた花々は、見方によっては笑うに笑えない道化役者かもしれない私のことを、植物の命を弄ぶ冷血漢として見ているのかもしれません。さもなければ、鉄瓶に付着した湯垢程度の存在と軽く見ているのでしょうか。

そのどちらでも構わないという思いが自己失墜の始まりでなければいいのですが……。

高麗（こうらい）の頂（いただき）を覆う雲に映じた旭日（きょくじつ）に光が、何かしら素晴らしい予感をそっとなげかけてきます。

末梢にまで心を配る新緑が、単純にして複雑な一介の物書きを迷夢から覚めたかのような心地へいざなってくれます。

万象がこの三百五十坪に集結したかのごとき錯覚が強まっています。

そして、爽快なる一夜を明かしたタイハクオウムのバロン君が、きょうもまたこれ見よがしの目立つ振る舞いに徹しようと、地獄の使者を招きかねない絶叫を発し、それが元で毎度お馴染みの妻との口論を始めています。

そこで私は、大人の風格を気取りながら、こうたしなめるのです。

鳥を相手に互角の喧嘩をする人間がどこの世界にいる、と。


「どんなにつまらなくたって、現在より偉大な過去などない」と薫風が囁きました。

「安らぎとときめきを求めれば、心を正常に保てるかも」と晴天が仄(ほの)めかしました。

苦悩と情熱にあふれ返る現世

この数年、蝶が集まる庭にしたい一心から、ブッドレアの種類と数を集めています。噂では聞いていましたが、確かにその効果には絶大なるものがあります。人の鼻に感知される香りとしてはバラに遠く及びませんが、しかし蝶にとっては引き寄せられずにはいられない匂いであるらしく、日が落ちる直前まで絢爛たる乱舞を披露します。

この地へ移り住んだ半世紀ほど前には、庭とはとても呼べない殺風景な空間にすぎなかったにもかかわらず、あらゆる蝶がごっそり集まってきていたものです。また、夏の夜ともなると、蛍が飛び交い、ミヤマクワガタや薄緑色の羽を具えた大型の美しい蛾などが灯に群がる光景がごく普通に展開していました。

当時は、さまざまなトンボがそこかしこで無数の渦を作り、ツバメやスズメの数も夥しく、ジョロウグモが張り巡らす巣が夕日に映えて金色に輝き、オナガが垣根を子育ての場として活用しており、動物好きの妻もまだ若く、都会育ちにもかかわらず潑剌と田舎暮らしを楽しんでいました。

昔を懐かしんでみたところでどうにもなりません。

そんなことは重々承知しています。

時間の恐ろしさには凄まじいものがあるのです。

時は流れ、さらに流れて、その間、世界も私たちもさまざまなものを喪失してゆきました。だからといって嘆くつもりはありません。

ただ、「時代も世代も好ましい方向へは進んでいないんだな」という切ない思いがどんどん募ってゆくばかりです。

悟ったような言い方を気取れば、人は皆こうした観想に至って生涯の幕を閉じてゆく悲劇的な生き物なのでしょう。

そして今、ブッドレアに魅せられてどこからともなく湧いてきた美し過ぎる蝶たちが、澄みきった瞬間を発生させて、至純至高の庭を錯覚させてくれます。

そのせいかどうかは定かでありませんが、性格の宿命的な汚点が原因に違いない精神上の危機が少しばかり遠のいたように思えます。いいことには違いありませんので、素直に喜んでいます。

残念なのは、このブッドレアが自然体系を破壊しかねない外来種に指定されていることです。ボランティアの活動の一環として、国立公園を浸食するこの生命力旺盛な植物は発見され次第引き抜かれています。なんとも複雑な気持ちです。

「この世は苦悩と情熱にあふれているんだよ」とクロアゲハが言いました。

「現代は行き詰まって途方に暮れているのさ」とルリシジミが言いました。

人生なんてさあ……

標高が七百五十メートルだからといって、この地の夏が格別涼しいというわけではありません。

内陸性気候の特徴で、確かに湿度は低く、海辺のむしむし感と比べたらまだましとはいえ、たびたび発生するフェーン現象のせいで気温が都市部のそれを上回ることも珍しくないのです。

「信州って意外に暑いんですね」などと客にからまれても、「そうなんですよ」のひと言でさらりとかわすしか手がありません。

冬は雪と低温に支配され、夏は夏で世間が想像する以上の高温に見舞われるとなると、当地の生活環境がなんだか馬鹿馬鹿しい限りに思えてくるのも無理からぬ話でしょう。

　端的に言いますと、絶景の空間というのは過酷な自然の証明にほかなりません。確かに、旅行者の目を通したそれは一幅の絵そのものであるでしょう。ですが、地元住民が肌に直接感じる思いは綺麗事では済まされず、いくら慣れているとはいえ、やはり闘いを強いられる現実には動かしがたい重圧が付き物です。とりわけ老いが深まってきた者にとっては、いかんともしがたい圧迫感を撥ね返すための、体力の減少を補う気力が必要で、その気力を補佐する虚勢が否も応もなく求められます。

　そうです、虚勢です。空威張りです。年寄りの冷や水です。

　しかし、そのためにはある程度の体力を持ち合わせていなければなりません。今のところはぎりぎりでも完全に失われてはいない底力をなんとかやり繰りして高齢者らしからぬ営みをつづけていますが、はてさてこの先いったいどうなることやら……。

　先のことなど案じても仕方がないとうそぶいて澄ましていられたのは、もうずっと前の、たぶん五十代の頃までだったでしょうか。だからといって、救いの材料が完全に消えてなくなったわけではありません。

　俗に言われるところの〈天然の性格〉、幸いにもそれを見事に備えた妻と、現在という時間の観念しか持っていないタイハクオウムのバロン君こそが頼みの綱なのです。その両者が日々そばにいてくれるだけで、くよくよした気分の半分以上が和らげられ、あとの半分は庭を埋めている草木の息吹が忘れさせてくれます。

「人世なんてさあ、本当はそう重く受け止める値打ちもないんだよ」とのたまうのは、余命いくばくもないイタヤカエデの大木です。

「思い通りの末路を迎えられる人間がどれほどいると思う?」と訊いてくるのは、マイナス十度以下の気温が危険ゾーンのせいで黄金時代を迎えられそうにない、アメリカナツツバキです。

死が癒してくれるよ

幸運にも、この八十年間で残酷な自然災害に見舞われた経験が一度もありません。だからといって、この先もその幸運がつづくかと言いますと、「怪しい限り」が本当のところでしょう。

本能的直感なる疑問符だらけの予感を前提にしますと、天変地異の時代が募ってゆくばかりと感じている人々の数は、増えることがあっても、減ることはないと思います。今さら偉そうに言うまでもないことなのですが、世界の変化は大中小の組み合わせによって構成されています。たまに発生する激変が普通の変転を差し招き、それが大災害を呼ぶといったサイクルとも呼べない悪しきサイクルが、なぜか文明が行き詰まった時点で人類に急襲を仕掛けてきます。

こうした理不尽さと不条理さを宿命のひと言で片づけていい物かどうかは別にして、動かしがたい真実であることは否むに否めません。

そんな暗くてお堅い話はともかく、目下のところ無事な今現在に身も心も委ねて、暮らしを立てるための遣るべきことに専念し、人生の存続に没頭するほかにこれといった手立てはないのです。それこそが賢明な生き方というものでしょうか。

動物植物を問わず、すべての命がそうしてささやかな生の糸を紡ぐなか、絶滅する種は絶滅し、進化発展する種は残されています。くよくよ、あたふたから離れられない私自身は当然、何事も深く考えないというなんとも羨ましい性格の持ち主たる妻も、そして長寿を誇るタイハクオウムのバロン君も、いずれは時の流れに圧し潰されてこの世を去る運命を迎えるのでしょうが、この庭もまた遅かれ早かれ同様の道筋を辿らなければなりません。

つまり、消えてなくなるのが存在の宿命なのです。

だからといって、その原則中の原則を前提に日々の営みをくり返してみても安っぽい厭世主義に蝕まれるばかりで、偶然の積み重ねによる奇跡として現世に生を受けた甲斐がまったく得られず、せっかくの生涯を無駄にしたことになるでしょう。

開花を間近に控えた千草も、満開を迎えた花木も、当然ながら散り際の美などを念頭に置いていないはずです。ましてや朽ち果てる定めに付き纏う醜についていっさい思い浮かべたりはしないでしょう。

生物としての存在はかく在るべきです。そう思うことに決めました。

「生を根拠づけるものなんてどこをどう探してもないんだよ」とあっさり言ってのけたのは、緑色の透明の羽をこすり合わせて鳴く夏の虫でした。

「何があったにせよ、いずれ死が癒してくれるさ」と皮肉を込めて呟いたのは、秋の終わりにデッキの下でぼろぼろの羽を声帯代わりにする、瀕死のコオロギでした。

生きたまま現世を超える？

庭に集まってくるさまざまなハナバチたちの羽音の渦に巻きこまれて花殻を摘み取る作業が、おそらく誰にも理解できないであろう至福の時を与えてくれるのです。

なんとも不思議な感覚です。根気のいる単調な仕事がなぜこうした充足感を差し招くのでしょうか。傍目からすれば理解できないと思います。

掛け替えのないその気分をどう表現していいものやら、物書きのくせに、これがなかなか難しいのです。

癒しを帯びた安らぎでしょうか。

それとも、地上にも天国が存在するという確信でしょうか。

はたまた、知的な困惑に陥り易い職種にありがちな必然的な欲求としての、立場における束の間の亡失なのでしょうか。

いずれにしましても、ドーパミンの為せる業に違いありませんが、脳のどの部分がどう反応してそうなるのかについては不明のままです。ここはひとつ永久の謎ということにして逃げておきましょう。

しかしまあ、そんなややこしい説明などはどうでもいいのです。そうした掛け替えのないひと時を味わっているという確かな実感のみで充分でしょう。

訪ねてくれるのはハナバチだけではありません。バラにはハナムグリ、そしてブッドレアにはあらゆる種類の蝶が群がってきます。

無言のかれらが活発な動きのみで生み出す肯定的な世界観が、庭の華やかな雰囲気をさらに盛り上げてくれ、冬枯れのあまりに寂しい空間を全否定し、これぞ本来在るべき姿の空間であると声高らかに宣言しています。

「この世は果たして生きるに値するのか？」という黴臭い哲学的問い掛けが割りこむ隙間など微塵もありません。

一日花が多いために手を休める暇がなく、全盛期には朝から夕方まで花殻摘みに没頭します。

汗だくになって庭を這いずり回っている夫にはお構いなしに、お姫さま気取りの妻がコーヒーなんぞを飲みながら、デッキの上から花盛りの眺めにうっとりしています。

内弁慶のタイハクオウムのバロン君も、いつもの意味不明な絶叫とはひと味違う、都合のいい解釈をすれば感動の雄叫びとなる大声を、二重ガラスの窓を易々と貫く勢いで発しています。

「生きながらにして現世を超えられるかも」と言ったのは、もうひとりの自分です。

「恋に身を焼く淫らな魂と比べるんじゃない」と言ったのは、最盛期の庭そのものです。

死ぬまで振り返らないぞ

正直、近頃の天候の高圧的な態度にはいささか押され気味です。

それというのも年々歳々予測不可能な展開が次々にもたらされるからでしょう。

その反面、我が庭の植物たちがこぼす無言の愚痴には、環境に支配されるしかないのだという、半ば諦め気分やら運命の必然性やらも感じられてしまうのです。

そうした後ろ向きの空気が漂うなかで、いつの間にやら視界の外へ消えていった種類も、残念ながら少なくありません。あの花も、この花も、確か数年前には咲いていたはずなのに、今は影も形もなく、思い出のかけらとしても残っていません。

要するに、適応できない生き物は絶えるのみという自然界の普遍的にして冷ややかな原理に則って淘汰されたのです。

物質的な世界においてはやむを得ない現象なのでしょうが、しかし、それを万人にも当てはまる、動かしがたい現象と解釈するには、多少なりとも度胸が必要となります。

自然が命に激しく執拗に要求してくるのは、死にほかなりません。さまざまな形の死滅が、のべつ生そのものに狙いを定めて、過度な重荷を負わせてきます。

とはいえ、慎み深くて雄々しい草木の魂を訪れる感動の生存権たるや、総じて逞しい生命力に満ちあふれていますから、絨毯爆撃の直後の都市のごとき悲惨な光景を呈することはありません。大方は無事で生存しています。

幸いにも生き残ったかれらは、存在の平均値にそって美の結晶体としての花を咲かせつづけてきました。

突然ですが、この場を借りて私は、一方的な美意識を頼りに集めた植物にとって相応しい作庭家になれないまま現在に至っていることを今さらながら告白し、全面的にその非を認めます。

命を弄ぶつもりはさらさらないのですが、それにしても、もう少し扱いようがあったのではないかと悔やまれます。少なくとも、ある程度の天候の変動には充分耐え得る種類を厳選すべきではなかったでしょうか。

たとえば、得て勝手なイメージのみを先行させてしまい、表面的な美に惹かれてヒマラヤの青いケシを大量に移植し、真夏の暑さによって一株残らず破滅させたことがいたく悔やまれるきょうこの頃です。


今は亡きチョコレートコスモスの亡霊が呟きました。

「そんな後悔の言葉なんぞおくびにも出さないでくれませんか」

今を盛りと咲き誇っているクルマユリの生き霊がうそぶきました。

「命を失っていない者はけっして後ろを振り返ってはいけません」

自分を買い被ってやろうかな

庭の花が咲き乱れています。

好みの草木たちが黄金の季節を迎えて大はしゃぎしています。

地味な田園地帯の一角にあって異様な華やかさを醸すこの空間は、どこに潜んでいたのかわからない珍しい蝶や季節の小鳥を呼び集めて、作庭家自身を有頂天にさせます。

こうした高揚感こそが人生の黄金時代の錯覚を差し招くのかもしれません。

ひょんなことから文学の世界に首を突っこんでもう半世紀以上経っているのですが、元々の動機が転職という不純なものであったせいか、執筆生活においてのめくるめく充足感は、残念と言いましょうか、当然と言いましょうか、正直ありませんでした。

それでも八十歳を超えた途端、なぜか奇妙な〈やる気〉と〈本気〉の嵐が胸のうちに吹き荒れ、あまりの心境の変化に戸惑うくらいです。おそらくは、いいえ、間違いなく、このエッセイを始めたことが起爆剤となったのでしょう。

しかしまあ、そんなことはどうだっていいのです。

ともあれ生きてさえいれば、やがて自分が想像していた自分に取って代わる自分と出会えるという、望外の喜びを味わえるとわかっただけでもめっけ物なのです。そうつくづく思います。

自分を好きになったことがあまりなく、むしろそれと正反対な気持ちにのべつ脅かされてきましたが、そうしたしょうもない葛藤がどこかへ吹っ飛んだのです。噂の通り、ともあれ生きてみなければわかりません。

併せて、紙の本へのこだわりも少々失せました。時代の潮流や社会の風潮におもねるつもりはさらさらありませんが、ネットを通しての発表の場も積極的に受け容れるようになり、それに合わせた文体や形式を開発し、かつての作品をさらに書き直してゆこうと決めたとき、長い執筆生活のなかで初めて心が躍りました。心底からときめいたのです。

そんな様変わりをした私に絶頂期を迎えた庭がよく似合います……そのはずです。

現在の認識と自覚のみに頼って生きつづけるタイハクオウムのバロン君と、ほぼそれに準じた存在である妻もまた、純粋に過ぎる嘆声の声をもらしています。

バロン君は陽光の乱舞に、妻は色彩の変化に、それぞれ別な思いを抱いて感激と陶酔に浸っているのかもしれません。

完璧なカップ型の白い花を咲かせたオオヤマレンゲが、「自己の安らぎがすべて」と控えめな物言いで訴えています。

万難を排して虚勢を張りたがる中国産のワイルドローズが、「もっとおのれを買い被ってみたらどうなんだ」といつもの煽りを入れてきます。

天然記念物であらせられるぞ！

数年前の真っ昼間の出来事です。

ふと庭へ目を転じて仰天しました。なんとニホンカモシカの訪問ではありませんか。

もちろんこうした山国ですから、あちこちの山林では幾度も見かけていました。しかし、いくら田舎町の田園地帯とはいえ、ここでも一応は住宅地なのです。キツネやタヌキならまだしもニホンカモシカの登場とは驚きで、何しろ数十年間の暮らしのなかで初めての経験だったのです。

すぐさま妻を呼んで一緒に珍客を眺めました。無類の動物好きの彼女も、さすがにそのときばかりは相手の大きさと気高さに圧倒されて、いつもの危ないほど気安い態度をひっこめたままでした。曲がりなりにもシカの仲間ですから角を具えており、だしぬけの突進にでも遭ったらひとたまりもありません。

そいつは私たち夫婦に向かって、いかにも見下したような、こんな意味を込めていそうな視線を投げ、じろりとねめつけました。

「余をなんと見る。天然記念物であるぞ。人間ごとき分際で、その馴れ馴れしい態度はなんたる無礼。頭が高い。控えおろう！」

なんと言われようと紛れもない事実なのですから、一目置いてやっても構わないと思いました。その途端、そ奴が我が庭の植物をむしゃむしゃ食べていることに気づいたのです。まるく刈りこんだ、いわゆる玉キャラの若芽を歯と舌を器用に使ってむしり取っていました。

さすがにこれは捨て置けないと思い、追い払うために接近を試みたのです。でも、そんなことで動じるありふれた野生動物ではありません。気位が高過ぎてどうにもならないのです。

そこで、突発的な反撃を警戒しながらもさらに近づき、「あなたさまには国有地たる森や山がふさわしいでしょうから、そちらへお引き取りください」などという意味を込めて、威嚇の声を発してみたのです。併せて、両腕を大きく広げました。

すると、ややあって田んぼの方へと移動を始め、権威とも権力ともいっさい無縁で生きてきた私たち夫婦に冷ややかな一瞥を投げつけ、「ひとまず帰ってやるからありがたく思えよ」と言わんばかりの傲慢な態度を保ったまま、国立公園へと通じる河原をめざして悠々と肢をくり出し、白昼夢の一部を置き土産にして去って行きました。

「なんだ、あの横柄さは。ひと昔前だったら人間に食われていたんだぞ」と腹立ち紛れに呟いたのは私です。

「今度きたら食パンをあげる」と興奮の口ぶりで言ったのは妻です。

光を浴びてから死のうか

家と庭が合体してこその〈家庭〉なのでしょう。

その意味においては私の住処も家庭の仲間に入るのかもしれません。

しかし、半世紀以上もこの地にこうした形で住まっているというのに、その実感が一向に湧いてこないのはなぜでしょう。

子どもがいないからでしょうか。

それとも、小説家という、浮いた印象が強めの、特殊な職業のせいでしょうか。

さもなければ、先天的にこの世への根付き方が悪い存在であるからなのでしょうか。

いずれにしましても、世間から一歩も二歩も引いたこの暮らしがいたく気に入っているのです。

少なくとも、他人から尻を蹴っ飛ばされがちな勤め人にならなくてつくづく良かったという思いは微動だにしません。

つまりは、世間と肩を並べることに汲々とするような生活が性格的に適していないのでしょう。

とはいえ、惑星に巣くう生き物の一個としての儚い存在としては、完全なる自由など望むべくもありません。入手可能な自由の幅は極めて限られたものです。

命を持たされた者にとって完璧な自由などあろうはずはないのでしょうが、もうひとりの自分はそれを望んで止まないのです。愚かなことです。

さりとて、死がその願いを叶えてくれるとも思えません。

寂滅が不自由な立場からほんの数瞬間救ってくれるとしても、だからといって、その先に待ち構えている異次元の世界においてそれを保証してくれるとはどうしても思えないのです。

草取りをしているときに、死んでからいくらも経っていないモグラを見つけました。

そして、毛玉のようにコロッと転がっているその姿に強く胸を打たれたのです。

それを手に取ってつくづく眺めているうちに、根拠などまったくないのに、幸福に生きて笑って死んだ生涯が確信されたのです。これこそが本来在るべき命の最期ではないかとしみじみ思いました。

要するに、艱難辛苦の世であっても、その形におけるその命を全うすることに生きる意味のすべてが込められているように感じられたのです。なんだか、そんな気がしました。

「ちゃんと埋めてやった?」と訊いたのは、夫よりも動物を気遣う妻です。

「埋めることは埋めたけど、もしかするとあいつは地中の世界にうんざりして地表で死んだのかもしれんぞ」と言ったのは、なぜかこの世よりもあの世に関心が強い私です。

最後の勝利者は誰？

庭造りは、草取りに始まって草取りに終わると言ってもいいでしょう。それが基本中の基本という地味な作業の連続なのです。けっしてチャラチャラした趣味ではありません。地道な努力の積み重ねが必要とされるのは、他の趣味と同じです。ところが、どうでしょう、ガーデニングも文学もなぜかそうした目で見られることが間々あります。周囲の視線がそうであっても、携わっている当人の認識が冷静で正確であれば問題はないのですが、ややもすると当事者たちの感触もまた浮ついている場合が多く、それが原因で長続きせず、通り一遍の、それらしき形が出来上がった段階で満足してしまうか、あるいは、飽きて手を引いてしまうかのいずれかなのです。

文学も作庭も真剣にやろうとすればするほど、見かけ上の華やかさから遠のいてゆきます。そして、際限なき進化と深化の道を辿る真の醍醐味を知ることになり、併せて、時間の恐ろしさをつくづく思い知らされることになります。

そうです、歳月の力をどう上手に取りこんでゆくかに人生の鍵が隠されているのです。言い古されたその真理に改めて気づくきっかけになったのが、庭造りでした。偶然とはいえ、いい勉強になったときっぱり断言できます。

自分で書いた文章ではあるのですが、しかし、庭の雑草に当たる、夾雑物としての表現が、どんなに注意を払っても次から次へと生えてきます。その都度、それを根気よく丁寧に排除しなければなりません。本物の雑草だとひと目でわかるのですが、文章の場合は、書いてしばらく経過してから気づくことが往々にしてあります。従って、少々厄介でも、ただ書き上げて満足するのは禁物なのです。

さほど凝った庭でなくても、雑草をきれいに抜き取ってあればそれなりの美を醸し、文章の場合も同様の効果を発揮してくれます。

そんなわけで、春の初めから秋の終わりまで雑草との闘いが延々とくり返されるのです。炎天下に汗だくになって地面を這いずり回る私の姿を見て、いったいどこが面白いのかと部外者によく訊かれます。

そのたびに、面白い結果を出すためにやる事の面白さを満喫しているのだと、そう胸を張って答えてやります。

その一瞬の、誰にも理解されない優越感がまた堪らなくいいのです。


深く根が張って抜き取りに苦労するスギナが言いました。

「最後に勝つのはこっちだ」

悔し紛れにこう言い返してやりました。

「勝とうなどとはゆめゆめ思わんよ」

小説家のサガって何？

アカゲラとアオゲラの二種類のキツツキがしばしばやってきます。なんとも気紛れな訪問で、季節を問いません。

少しばかり見た目がいいからといって、必ずしも大歓迎というわけにはゆきません。それというのも決まって悪さをするからです。

樹木の表皮の裏側に巣くっている虫をほじくり出したり、ドラミングによって縄張りを主張したり、異性を惹きつけたりする行為は一向に構わないのですが、しかし、幹に大きな穴をあけて巣作りをすることは絶対に止めてもらいたいのです。

立派に育て上げたコハウチワカエデを上機嫌でつつき回していたと思うと、半日も立たないうちに深い穴を掘ってしまい、慌てて追い払いました。そしてその穴を木工用のパテで埋めたのですが、残念ながら手遅れでした。

日が経つうちに弱ってゆき、枯れ枝の数が増えて、翌年には根元から切り倒す羽目になったのです。

さらに厄介なのは、敵は次に我が家の木製の外壁に目を付け、朝っぱらからスコココン、スココンとつつくのです。室内に響き渡る音ですぐにわかりますから、急いで外へ飛び出し、腕を振り回して異議を唱えます。すると相手は、人を小馬鹿にしたような、というか、本当に舐め切っているのでしょう、「ケケケケッ、ケケ」というなんとも特徴的にしてふざけた鳴き声を残して飛び去り、ほとぼりが冷めた頃、また性懲りもなく訪れるのです。

何せ相手は暇を持て余している御身分ですので太刀打ちできません。この分ではいつか奴らが巣くってしまいそうで心配です。

動物に対して異常な愛情を示す妻ですが、さすがにむっとしたのか、キツツキの襲来に気づくたびに怒鳴っています。といっても、「駄目、そんなことしちゃ！」を連発するだけなので、相手は痛くも痒くもありません。

そこで私は「駄目って言ってわかる相手じゃないだろうが」と文句をつけ、「石でも投げてやれ」と焚きつけるのですが、今度は「駄目、そんなことしちゃ！」がこっちへ返されるばかりで、まったく埒が明きません。

外壁をつつく鳥の正体を知らない、タイハクオウムのバロン君は、根が臆病者ですから異音が収まるまで身を硬くしているばかりで、これまた何の役にも立たないのです。

「あいつらよりおれたちのほうがましだろうが」と鳴くのはカラスです。

そして、「そう思ったらカラスを毛嫌いするんじゃないぞ」とつづけるのです。

その手の抗議にいちいち深い意味を読み取ろうとするのは小説家のサガでしょうか。

植物は植物として扱ってやるべし

常緑針葉樹のなかで好きなのは、ツガよりも葉が小さいコメツガです。

これを我が庭へぜひ取り入れたいと思い、知人の許可を得てその山を駆けずり回ったのがもう三十数年ほど前のことです。

ありふれた樹木であるのになぜそこまで探し回ったかと言いますと、より小さな葉のものを欲していたからです。

つまり、同じ種類であっても微妙に個体差があるのです。

なかには盆栽仕立てが似合いそうなほど細かい葉のコメツガも稀に混じっていて、それに限りなく近いものを求めました。

二週間ほど山を駆けずり回った果てに、二十数株ほどの若木とも呼べない、高さ三十センチ前後のコメツガを手に入れました。

そしてコメツガの庭を想定し、全体に散らばせて植えました。イメージとしては申し分ありません。何しろ、そんな庭など滅多にありませんから。

しかし、現実は厳しく、当初はすくすくと育っていたのですが、やがていかなる薬剤も効果がない、圧倒的にしぶといカイガラムシにやられて次々に斃(たお)れてゆきました。

生き残ったのはたった四株でした。その後かれらは、生来の生命力を存分に発揮したのでしょう、無事に生長をつづけ、今では十メートルに迫る勢いです。

もちろん、本来の在るべき姿の樹形からすればまだまだ未熟で、迫力に欠けていることは否めません。

それでも若葉を出す季節が訪れるたびに、ささやかなときめきを与えてくれ、そうした感動もまた幸福の一部であることを教えてくれます。

育つにつれて葉が普通のコメツガのものと大差なくなるのではと心配しましたが、依然として小さな葉を維持しつづけ、背後に控える蓮華岳(れんげだけ)の麗容の引き立て役を務めるまでになりました。

しかもなお、「真なる世界とはなんぞや」というもうひとりの私の問い掛けに対する答えを、実像として実証しているように思えてならないのです。

そんなこんなを真面目くさった顔つきで思考する私のことを、タイハクオウムのバロン君が鼓膜破りの甲高い声をもってからかっています。

「やだなあ、小説家って奴は。物事にいちいち屁理屈をくっつけるんじゃないよ」

「植物は植物として、動物は動物として受け止めろ。それ以上でもそれ以下でもないんだからな。そのことをゆめゆめ忘れるなよ」

美学がため息を漏らす

我が庭には、どういうわけか枝垂れの樹木が似合いません。

家の構造も含めて全体的に直線的な印象が強いためなのでしょうか、馴染まないのです。

それでも、糸枝垂れの桜が春風に揺れて咲き乱れる蠱惑的な風情に憧れるあまり、ろくすっぽ考えもせずに取り入れてみました。予算と根付きの関係から、いつも通り若木一本を植えたのです。

翌年にはもう花を咲かせてくれ、当然ながらさほどの見応えはありませんでしたが、五月の風になびく細い枝を彩る桜色ときたら、ただもうそれが視界に入るだけで明るい未来を象徴しているかのように感じられたものです。

ところが大きくなるにつれて浮いた感じがどんどん強まってゆき、全体の雰囲気を破壊しかねない危険性が増し、とうとう知人宅に移植せざるを得なくなりました。

あれから何年経ったでしょうか。その家の前を通るたびに大木へ向けて存在感を増してゆく糸枝垂れ桜が、なんとも未練がましい、一抹の後悔の念を伴って迫ってくるのです。

とはいえ、冷静になって考えてみますと、やはり私の庭の雰囲気をぶち壊しにしてしまう一本であったことは否むに否めない事実です。

全体の構成に重きを置かない庭は、小説と同様、締まりのない、つまり、見るに忍びない代物と化します。

要するに、結果がどうであれ、美的な材料であればなんでもかんでも詰めこむという、世間一般の基準に合わせるべきではないことになるのでしょうか。

因みに、ひとえに珍しさと、苗木であるから邪魔にならないという理由から、性懲りもなく、桜ならぬ枝垂れのエゴノキを植えてしまったことがあります。そして、案の定と言いましょうか、さほど成長しないうちから邪魔者であると判明し、困り果てた末に、今度は人目につきにくい死角のような空間にそれを移し、強い剪定によって目立たないような扱いにしました。

ところが、なんとも皮肉なことに、楚々とした白い花の効果によるものなのか、妙にしっくりした雰囲気を醸しているのです。そこで、このままそっとしておくことに決めました。

今それは、ひっそり閑とした場所で満開です。


ごく普通のエゴノキが言いました。

「美を見極める基準なんてものは最初からないんだよ」

ひと回り大きな花をつける園芸種のエゴノキが言いました。

「美の核心が守勢に立たされるのは常ですよ」

生き抜いてみせてやれば

カッコウの鳴き声は、ヒグラシほどではありませんが、胸に沁みる郷愁を伴っています。

久しく忘れていた幼少時代のちょっとした感慨を蘇らせてくれ、思わずしばし聴き入ってしまいます。

妻に訊いてみますと、都会育ちであるにもかかわらず同じ印象を持つとのことでした。かつては東京においてもカッコウやヒグラシの声は飛び交っていたそうです。

時代が便利さを得た代わりに何を失っていったのかという、そんなささやかな会話が感無量に感じる歳を痛感したものです。

そうした好ましい風情に彩られたカッコウではあるのですが、しかし、托卵という、ほかの鳥の巣に卵を産み付けて育てさせる、この上なく横着にしてえげつない習性の持ち主だとわかったときには、さすがに興醒めを覚えたものです。

モズの卵よりひと足早く孵ったカッコウの雛が最初にやることとは、ほか卵を器用に背中に載せて巣の外へ落とすことだそうです。つまり、自分だけモズの親に育ててもらう環境を整えるというわけです。本能として具わっている知恵なのでしょうが、一抹の恐ろしさを禁じ得ません。命というものの底知れない不気味さがひしひしと伝わってきます。

ヤドリギや蔓性の植物や着生ランなどにもそれと全く同じ生命力が感じられ、時として人間社会においても限りなく近い現象が見受けられたりもします。

それにしても私たちはいったいどんな世界に産み落とされたのでしょうか。そして、申し訳程度に与えられている理知の力をどう活用して生きるべきなのでしょうか。そもそもそれが可能なのでしょうか。

そんな限りなく愚痴に近い独言のたぐいはさておき、私の造った庭ではきょうもまたひしめく生命の葛藤がくり広げられており、咲いたの、咲かないだのという悲喜こもごもの展開がくり返されています。

元気いっぱいのワイルドローズは、野生種の底力を存分に発揮して、我が世の春を謳歌していますす。五葉系のツツジの変種たちが、法外な繁栄をめざして、枝と葉の数を増やしつづけています。

その力強い振る舞いに圧倒された老いぼれ夫婦と、かれらが愛しんで止まないタイハクオウムのバロン君が、ただもう呆気に取られているばかりなのです。

「マダイキル　ソレデモイキル」と鳴くヒグラシが、

なんとも切ない真情を吐露しています。

カッコウはカッコウで、

「ケッコウイキル　イキルノハケッコウ」などと差し出がましい口を叩いています。

命の証ってこれのこと？

春を予感させる日がつづいたかと思うと、いきなり大雪が降って冬へ逆戻りです。毎年のことですからそれなりの覚悟ができているつもりでも、やはり挫折感を伴った失望感は禁じ得ません。

しかしまあ、積雪がどうであろうと、なんといっても三月には違いないのですから、除雪作業の重苦しさを意識するほどではないのです。

放っておけばすぐに融けてしまいます。

問題なのは庭の植物たちの狼狽振りで、他人はむろん、植物を動物のようには見ない妻にも、熱帯林のどこかにルーツを持つタイハクオウムのバロン君にもわからないでしょうが、この私にはそれが理解できます。

というか、長年の経験の積み重ねによって少しずつ感じられるようになってきたというのが本当のところでしょう。

膨らみかけていた蕾が途端に身構えて、開花への道筋を一旦閉ざし、天候の様子を注意深く窺います。

つまり、時として敵に回ることもある自然の影の正体をすでにして承知しているのでしょう。しかも、同じ空間に身を置く同志として、目には見えぬ連帯感をも持ち合わせているらしいのです。

そしてそのせいか、開花を間近に控えた蕾が遅い雪や霜などによって腐ると、なんとなく草木の全体が暗く沈みこんだ印象を与えてしまい、生の萎縮によって、錯覚のひと言では片づけられない厭世観がひしひしと伝わってくるように思えてなりません。

それに併せて、どういうわけか、未熟な人間としての自分が運命に見捨てられてゆく末路へと傾きます。「要するに生きるとはこういうことなんだろうなあ」という、「常に悲劇と背中合わせなんだろうなあ」という、諦め半分自棄半分の居直りを差し招くのです。

午前中までの冬が午後にはもう春へと戻っています。陽光のきらめきが何よりもそれを鮮やかに証明しています。息も絶え絶えだった生きる意味が、見事再生復活を果たしました。冬鳥の姿が見られなくなり、春の鳥の気配が濃厚になってきています。湯気といっしょに土の香りを立ち昇らせる地面には、この世は生きるに値すると、そうはっきり書かれています。これぞ春の底力というものなのでしょう。

凍死を免れたアメリカナツツバキがそっと呟きました。

「何が起きるかわからない、それが命の本質であって、生きる証でもあるんじゃないの」

今年の開花が不可能となった洋種のシャクナゲが反撃の言葉を天に向かって投げました。

「来年もあるし、再来年だってあるじゃないか。生きてさえいればチャンスは無限だよ」

そこがほんとの居場所なの？

四方が田畑のせいで、いつしか自然林の様相を呈した我が庭が野生動物の集いの場や憩いの場と化しています。

といっても当初は昼間の庭の実態しか知りませんでしたから、寄ってくる生き物の数も高が知れていると思っていました。ところが、あれは夕方だったでしょうか、まったくの偶然で、眼前を横切って行くキツネの姿を見かけたのです。もちろん雪面に残された足跡によってさまざまな獣が訪れていることは重々承知していました。

どんな星の巡り合わせなのか知りませんが、都会育ちの妻の子どもの頃からの夢は、山で暮らしながら野生動物と触れ合うことだったのです。どうやら私の運命は彼女のあまりに童話的な願望に引きずられて動いていたようです。

というのも、私は小説家になって初めて静かな環境の必要性を感じ、その結果として地方へ仕事場を移し、経済的なさまざまな事情に振り回されたあげく、たまたま現在の住所に定めたにすぎず、けっして自分で望んだわけではないからです。

つまりは妻の願望に沿って私の人生が影響されたというわけです。くり返しますが、静かな空間を得られるのであればどこでも構わなかったというのが偽らざる本音なのです。

それなのに現実は、あろうことか、住民の人間性をも含めて、どんな風土であるのかをわかり過ぎているために移住など考えたことすらないこの地に定まってしまいました。ために、移り住んだばかりの十数年間は、どこかほかの未知なる田舎への移住を幾度となく真剣に考えたものです。残念ながらこれまた収入の問題で動くに動けず、気づいたときにはもう定住が固定化されていました。

しかし、妻にとってはまさにもっけの幸いで、庭が発展するにつれて訪れる動物の種類が増えたと知るや、待ってましたとばかりにかれらとの接近を図ったのです。手っ取り早く餌付けによってじりじりと距離を縮めてゆき、しまいにはキツネが手を伸ばせば届きそうなところまで寄ってくるようになりました。タヌキも然りです。

テンを窓ガラス越しに初めて目撃したときの感動といったらありません。全身を包むふわっとした毛が黄金色に輝いており、その神々しさにいたく心を打たれたものです。

その瞬間私は、土地柄や風土といったじめじめした問題はさておき、ここで暮らすのもそう悪くはないかもしれないと思うようになりました。


子連れのキツネが言いました。

「あんたの居場所はここ以外にないぞ」

まだ若いタヌキが言いました。

「どこへ行っても同じことさ」

この世にしがみついてみたら

言うまでもないことですが、まだ若いタイハクオウムのバロン君や、長年連れ添っている妻のように、庭もまた生き物なのです……このたとえは、ちょっと問題ありですか。

それはともあれ、そうした常識中の常識をついつい忘れてしまい、美術作品の創作と同等の位置付けをした結果、イメージ先行の大失敗を招きがちの状況に陥ります。

つまり、一年中花いっぱいの庭にしたいなどという、とんでもない夢を命の世界へ持ちこんで、大殺戮の修羅場を生み出したりします。庭師たちは苦い経験の積み重ねによってそうした認識を深めているのですが、ガーデニングの初心者たちはその辺りがよくわかっていません。ために、生死にかかわる厳しい現実の壁にぶつかると、それだけでうんざりしてしまい、自己逃避が簡単なほかの趣味へと流れて行ってしまいます。

そんなこんなが相まって、かつて異常なほど盛り上がったブームがあっと言う間に去ったのですが、結果的にはそれで良かったのではないでしょうか。草木の命を無駄にしなくて済んだのですから。

とはいうものの、小説の世界がイメージのみで塗り固められると思うのは、世間に広く蔓延している大きな間違いです。かつて、「文学なんぞは女子どもの世界だ」などという差別的な蔑視が横行していました。それというのも、過酷な現実になるべく触れないような、触れたとしても安っぽいナルシシズムをくすぐってくれる味付けとしてのみ利用され、浮きに浮いた、逃げない、あるいは逃げられない立場にある大人の男の目には、到底受け容れられない軽薄なものとして映ったのでしょう。

そうです、たとえ架空の世界を描く文学であっても、庭と同様、生々しい命と、その有り様を慎重に取り入れなければなりません。つまり、美学のみを優先させたものであってはならないということです。

ところが残念なことに、色とりどりのけばけばしい花で埋まった、あまりに嘘臭い庭と文学が幅を利かせ、それが主たる原因で衰退の一途を辿るに至りました。

そうした観点からも、私の庭は私の文学に多大な影響を与えてくれ、その逆もまた然りです。

それでもなお、しばしば創作の基本的な足場を度忘れします。ハスの花が泥から育って咲くという事実を意識の外へ飛ばしてしまうのです。

アンティークローズに属する種類のランブラーローズが言いました。

「作庭も執筆も始める前に人間の無能さを知りなさい」

ワイルドローズに近い種類のクライミングローズが言いました。

「逃げられないとわかったならばこの世にしがみついたらどう？」

イメージを優先させるな

標高があるからといって涼しい夏を満喫できるとは限りません。観光地として有名な高原であっても、ときとしてそれなりの暑さに閉口させられます。ましてここは、七百五十メートルという中途半端な高度ですから、太平洋高気圧の張り出し方いかんによっては三十五度を超える高気温に見舞われることも珍しくありません。もうだいぶ以前のことになりますが、ヒマラヤの青いケシにいたく魅了されたことがあり、たとえ一日でも三十度以上になる土地ではまず無理だと承知していながら、ごっそり苗を取り寄せて植えたものでした。むろん、その年には開花します。ネーミングを遥かに上回る美しさでしたが、しかし、れっきとした宿根草であるにもかかわらず、翌年には影

も形もありません。

　それでもすっかり諦められるまでには数年を要したでしょうか。やがて、苗を販売する業者のカタログにもまったく紹介されなくなりました。やはり駄目なものは駄目という常識が植物愛好家のあいだに広まってそうなったのでしょう。

　その後、標高千メートル以上の庭で根付いたという話を耳にし、テレビ番組でも紹介されたことがありましたが、それきり音沙汰無しです。

　逆のケースもあります。学名はマラコデンドロンで、商品名はアメリカナツツバキという花木ですが、白い花の中心部が紫色という、なんとも魅惑的な美しさに惹かれて取り入れてみました。なかなか根付きが悪く、幾本か枯らしたのですが、残りは成功し、年々それなりの生長を遂げ、ついには幻想的な花を枝がしなるほどつけるようになりました。

　ところが、耐寒性がマイナス十度であるために、それ以下となると途端に弱ってくるのです。一日くらいならどうにか耐えてくれるのですが、マイナス十五度が連日となるともういけません。春が訪れると枝の大半が凍死していることが判明しました。完全に死んだかと思い、幹をよくよく調べてみますと、本体の三分の一くらいが瑞々しさを保っていて、その年の初夏には僅かな数の花を咲かせてくれました。以後、復活の兆しが鮮明になってきています。でも、安心はできません。何しろ気候変動の時代なのですから。

高齢者夫婦たる私と妻、そして南国が故郷であるタイハクオウムのバロン君。気紛れな暑さ寒さにもめげず、どうにか対応して生き抜いています。命の最大の意義は、闘うことにあるのでしょうか。面倒くさい話ですが、生きられるだけ生きてみます。


なんと赤花を咲かせるヒマラヤの青いケシが、かつてこんなことを言いました。

「イメージを優先させて庭を作ってはならんぞ」

愛用の水性ボールペンが、かつてこんなことを言いました。

「現実という基盤があってこその真っ当な文学だということをゆめゆめ忘れるでない」

ときには虚勢も必要

第三者の目にはどこが面白いのかさっぱりわからない、単調な庭作業に没頭しているときのことでした。

突如として家のなかからドタドタドタドスンというただならぬ音が聞こえてきたのです。直接見たわけではありませんが、瞬時にしてぴんとくるものがありました。そしてその光景が鮮明に脳裏に浮かびました。

案の定です。タイハクオウムのバロン君がギャーギャーギャーと大騒ぎする最中、階段から転がり落ちた妻が廊下にうずくまっていました。骨折していないかどうかを確認し、とりあえず打撲のみとわかったので、痛みが遠のくまでその場に寝かせておきました。

これで二度目のことです。正しくは三度か、それ以上かもしれません。それというのも私に「ドジな奴」と言われるのが癪で、気づかれないときには黙って耐えているからです。デッキから転落したこともずっと後になって話したくらいです。

とはいえ、けっして歳のせいではありません。二十代の頃からこんなでした。デート中に交差点の真ん中で足をもつれさせてひっくり返ることがたびたびありました。今にして思えば、幼児のように目が離せない相手だとわかった時点で結婚を決意したのでしょう。半世紀以上に及ぶ夫婦生活において口癖になってしまったのは、「この俺が二十四時間、三百六十五日自宅にいられる仕事をしていなかったら、おまえはとうに死んでいたぞ」という恩着せがましいにも程がある決め台詞です。

また、階段の造りも造りで、暴力団の事務所のそれに似て、狭い上に急勾配なのです。敵対組織に攻めこまれた際には有効なのでしょうが、運動神経のかけらも持ち合わせていない妻にとっては致命的です。そこでエレベーターの使用と手摺りの取り付けを提案したのですが、意地っ張りの妻は拒否しつづけるのです。やむなく階段の掃除を代ることで妥協しました。

時々こんなことを考えてしまいます。結婚に関する運命の働きは、もしかすると互いに補い合える方向で動くのかもしれないと。

そして私のほうはと言いますと、どうやら妻の存在そのものから言うに言われぬ摩訶不思議な安らぎを得ているようなのです。

そんなこんなを今頃になって悟った次第です。


私たちに向かってバロン君がからかいの言葉を発します。

「ボタンの掛け違いは否めないけど、まあ、そこそこお似合いってもんじゃないの」

不吉な十三段の階段が、老夫婦が上り下りするたびにこんな憎まれ口を叩きます。

「高齢者が無理するんじゃないよ」

生き死にはひとまず棚上げ

庭が理想の形に向かって充実してゆくにつれ、ここが捨て去るべき土地ではなくなりつつあります。

と言いますのも、五十代の頃までは頭の片隅に引っ越しが絶えずこびり付いていたからです。好きで選んだ住処ではなく、妥協の産物としての住居であったがために、いつかもっと好みに合ったところへ移り住もうという、ある種の口癖のごとき念願から離れられませんでした。

そうはいってもやはり寄る年波の圧迫感には逆らい切れるものではなく、観念したと言いましょうか、夢を追う力が弱まったと言いましょうか、要するに「まあ、こんなところがお似合いってもんじゃない」と呟くことで諦めたのでしょう。

実際問題、よしんばそのための資金をしこたま貯めこんでいたとしても――あと千年生きられたとしてもあり得ないことでしょうが――転居に必要な体力が不充分ではどうしようもありません。

そこで、こんな弁解がましい独白がくり返されるのです。

「仕方がない、ここでくたばってゆくとするか」

「今回の人生はこれでよしとするか」

「思い通りに運ぶことなど滅多にないぞ」

「あれこれ思い残して終わってゆくのが人の一生ってもんじゃないの」

モズが高音を張っています。

コオロギの鳴き声が弱々しくなってきています。

秋の終わりを感じないではいられません。

それでも私は生きて来年の庭を見るつもりでいます。というか、生きているから生きつづけるのであって、それ以上でもそれ以下でもないのでしょう。要するに、ひたすら動物的な生き方に徹底しようとしているのでしょう。そのほうが気楽に過ごせそうな予感がするからです。

　タイハクオウムのバロン君はまだ子どもです。平均寿命からすると、少なくともあと三十年は生きることになっています。

　ならば、私はなんとしても生き延びなければなりません。妻とバロン君を看取ってからでないと死ぬに死ねません。

　そんなことを大真面目に口走る夫に、妻は小ばかにした笑みで応えるのです。

「はてさて、どうなることやら」と鳴いたのはフクロウでしょうか。

「一場の春夢としての生涯などまともに相手にするなよ」と囁いて寒風が通り過ぎます。

生き物の宿命ってこと？

木枯らし一号とおぼしき、アルプス颪とも言える冷酷な風が、高齢者たる私に虚勢を張らせます。「何くそ、これしき」という思いが強まって、「今度の冬も生き抜いてみせるぞ」という、年寄りの冷や水もいいところの覚悟を勝手に固めます。というか、弱音を吐いたところで誰も助けてはくれません。

まあ、これは例年通りで、今ではもう慢性化された、その分だけ新鮮味に欠ける自分への叱咤激励なのですが、生き抜くための底力を沸き立たせる原動力となっているのだとすれば、まずはよしとすべきでしょう。

もし温暖な土地で暮らしていたならば、ひょっとすると私はとうにこの世を去っていたかもしれません。そんな気がします。こうした自然的に過酷な生活環境を無事にくぐり抜けて行くには、都会とはまた異なった決意が否も応もなく必要になるのです。

つまり、人生は闘いなのだという心外な心積もりにのべつ迫られて生きなければなりません。甚だ面倒くさい生の在り方ではあるのですが、やむを得ないでしょう。

だからといって逞しさを求められる日々が肉体や精神を鍛え上げてくれるとばかりは言い切れません。その効果が逆の方向で働くことも多々あります。端的に言いますと、肉体をぼろぼろにさせ、精神をいじけさせてしまう、そんな暗い一面も否定できないのです。

自然の美しい土地というのは、得てして気候が冷酷なものです。そしてそれが執拗であり、程度があんまりな場合は、肉と霊は虐げられて、その両面の命を気づかないうちに蝕まれてゆきます。それをどうにか防いでプラス面に変えるには、そこで暮らすための意義を自分なりに把握するしか手がありません。

私の場合は、何よりもまず文筆活動の軸を軟(やわ)なものにしないことでしょう。要するに、「生まれてきてごめんね」式の、ナルシシズムべったりの女々しい文学へ引きずられたらその時点でおしまいなることをはっきりと自覚すべきなのです。それには、日々の闘いの同志たる庭の植物たちに心をひたと寄せ、無言の励まし合いによって所期の目的から目を逸らさないことが肝要ではないでしょうか。そんな思いを小脇に抱えてこれまで生きてきたつもりです。幸いにも、八十歳を迎えた今なお、その姿勢は揺らいでいないようです。そしてふたつ年下の妻も、本来は南国の生き物であるタイハクオウムのバロン君も、庭の草木の影響下に在ってどうにか頑張っています。

「なかなかやるもんだね」と寒風が褒めてくれました。

「生き物の宿命だからね」と空っ風がうそぶきました。

「果たしていつまで……」と初雪が小声で呟きました。

あの世へ持ってゆく花

葉っぱだらけになってしまった夏の庭を彩ってくれるのは、各種のユリです。テッポウユリ系よりもクルマユリ系が好きで、オリエンタルリリーの括りで販売されているド派手なユリも、使い方次第で新鮮な驚きと感動をもたらしてくれるために厳選したものを少々使います。

しかし、所詮はオニユリやヤマユリといった自然系の引き立て役でしかありませんから、さほどの思い入れがなくても、美の基準に適合している場合に限り植えるのです。

特定の花への愛着は、色や形のほかに、郷愁といった要素も欠かせない条件で、少年時代に山で出会ったその花が胸のどこかに焼き付いたまま、いつしか精神的な宝にまで昇華されているのです。

たとえば風に揺れるコスモスの花にそれを感じている人は少なくありません。あるいはヒマワリ、あるいはまたアサガオ、そして黄色い小菊などが素晴らしい香りといっしょに深々と記憶に刻まれていたりします。

とはいえ、自分の庭へ取りこみたいと思うのはユリの仲間が主で、ほかは寄せ付けません。思うに、床しさを突き抜けてしまう切なさが付き纏っている花だからではないでしょうか。

妻は子どもの頃、父親が畑で栽培した、当時はまだ珍しいグラジオラスやダリアを抱えて帰宅する途中、注目の視線を浴びたことが忘れられないようで、今でもときどきその話をして懐かしがります。だからといって庭にそれを植えてほしいとは言いません。ほかの思い出と重なって胸苦しさを覚えるからでしょうか。

クルマユリ系でなくても気に入りの野生種がいくつかあり、試しに植えてみたのですが、やはり環境が適していないらしく病気や虫にやられて全滅しました。そして辛うじて残ったのがタキユリで、名の通り滝のように茎をしならせて花を咲かせる風情はまた格別なのですが、残念なことに数を増やしてくれません。

近年タキユリは絶滅危惧種に近い扱いを受けているという噂を耳にしました。「さもありなん」のひと言で自分を納得させたものです。

面白いのは、タイハクオウムのバロン君が大型のけばけばしいオリエンタルリリーに異様な関心を寄せて大騒ぎをすることです。熱帯雨林の花を知っているはずもないのに、どぎつい色と形状に潜在的なノスタルジーを刺激されて原始的な血の騒ぎでも覚えるのでしょうか。

「どの花の思い出をあの世へ持ってゆくつもりなのか」とカノコユリに訊かれました。

「あっちへ行けたら、そこでまた新しい花を探してみるよ」と私は答えてやりました。

たまにはお堅い話でも

作庭と執筆が時の流れをさらに速めます。

一年などは、あれよ、あれよと言う間に過ぎ去ってしまいます。

そして背後に残されたのは、二百数十冊もの著書と、数百もの草木で埋まった庭と、未だにどう過ごすべきであったのかよくわからない、たった一度の人生と、半世紀余り暮らしてきた妻と、今年七歳になったタイハクオウムのバロン君です。

良い意味でも悪い意味でも、夢心地とはまさにこのことでしょうか。現実とはとても思えない瞬間をたびたび感じます。

掠り傷程度の、不幸とは呼べない不幸に見舞われたことが幾度かあっても、幸いにして洪水や地震や津波や火事や大病といった大きな災禍には巻きこまれませんでした。それだけでも上等ではないかと思うことにしています。

もうひとつ、文壇とやらのいかにも日本的な陰湿さが醸しつづける、私のような性分の者には著しく肌が合わない雰囲気に、最小限度しか染まらずに済んだことが救いと言えば救いでしょうか。しかも、今ではそんな異様な世界から完全に身を離して、ほぼ思い通りの文筆活動に専念できているのです。遅きに失したとはいえ、芸術に携わる端くれとしては当然の純粋な生き方を得た今では、過去に溜まった後悔のたぐいがきれいに払拭され、跡形もなく帳消しにされています。

そのことが庭にも作品にも色濃く反映されて、日本語の持つ稀有な魅力が、まだ充分とは言えないまでも、かなりの度合いで我が文章に発揮されつつあるようで嬉しく思います。もちろん、これしきの庭では、これしきの文学作品では、とても満足できません。できないからこその止めない理由と生き甲斐が、切り子ガラスのごとき輝きを放つ美の世界へと導いてくれるのでしょう。

無礼を承知で言います。日本文学を庭にたとえますと、「おばちゃんガーデニング」か、良くて形式主義に凝り固まった「日本庭園」のレベルであって、残念ながら、進化と深化を旨とする芸術の真髄に迫るどころか、恥ずかしい限りのナルシシズム一辺倒の前で立ち往生したまま枯れようとしています。つまり、時代から飛び出したブームの域を最後まで脱出できずに衰退を迎えたことになるのでしょう。

真の文学へと突き進まなかったのは、真の庭園のそれと同様、陳腐な伝統と商業主義に毒されたからにほかなりません。

「そうお堅いことを言うなよ、たかが庭なんだから」と改良園芸種がうそぶきました。

「いやいや、燻し銀の渋さを忘れたら万事休すだぞ」と野生種が言い切りました。

初夏が歓喜の歌を唄う

金色を帯びた虹色の輝きを放つコガネムシが、絶好調を迎えつつあるワイルドローズの花に潜りこんでいます。

獲物を念頭に置いたジョロウグモがせっせと糸を吐き出しながら、ほぼ限界の大きさの罠を仕掛けています。大小さまざま、色とりどりの蝶が、副次的な効果のために庭の引き立て役も務めています。

気の早いトンボが羽虫を狙って集まってきています。

初夏の昼下がりがきらきらしています。

そしてこの庭の製作者たる私は、独断のきらいがある幻術者を気取って、感情の赴くがままに陶酔と恍惚を貪っています。

幸福がここにあふれ返っています。天国とはまさにここなのです。

自然の摂理がもたらす心地よい秩序が青空の彼方へ消散してゆきます。

理性が冴え返る時間は無用です。

すでにして私と妻とタイハクオウムのバロン君は永遠を把握した気分に浸っており、三者のささやかな睦み合いが頂点に達しかけています。

心も魂もまるごと陽光に任せきって、精神の防壁を悉く投げ出しているこのひと時がたまりません。

無用の長物たる人生設計などは惜しげもなく捨て去りました。

春鳥に入れ替わりつつある夏鳥が集まって清談に時を過ごしています。

パトスは後退したところへエトスが割りこんできました。

まださほど熱くはない風が、論点を外れた議論を展開して人生の哲理なんぞを説いています。

夜には派閥間の暗闘が絶えないカエルたちも、今は絶対的実在から離れて、葉陰にじっとうずくまっています。

いい日です。杞憂のかけらも見あたりません。精神の破産など思いも寄りません。たまにはこんな日もあってもいいでしょう。

庭の外へ一歩出るや、嘘偽りの塊が灰汁色の世間を暗示して止みません。絶対的実在なるものの片影すら認められないありさまです。

それでいいのです。この世は夢です。三次元のホログラムなのです。ですから、軽々に見逃してきた真理のたぐいを惜しんでいけません。始まったばかりの七月が歓喜の歌を控えめに唄っています。

「意思の疎通を欠かさないでくれ」と万物が頼んでいます。

「絶対的実在なんぞを信じないでほしい」と濃い紫色のクレマチスが願っています。

雨よ、ああ、慈雨よ

我が庭にとって、梅雨明けを間近に控えた頃の大雨はまさしく慈雨となります。それというのも、地面の下が粘土層ではないために根腐れの心配をしなくて済むからです。むしろ「もっと降れ」と雨雲を煽りたくなるほどなのです。

この辺り一帯は元河原でした。それが田畑になったのは、開墾した者は農地の所有者になれると、戦前、戦後のお上が奨励したからです。

その時代には開拓者が簡単に扱える重機などなく、馬や牛を手に入れる資金もありませんでしたから、ひたすら人力に頼っての重労働を余儀なくされたのでしょう。農作業自体が、今では想像もつかないほど過酷なもので、子どもの手を借りても間に合わないほどでした。当時の農民の皮下脂肪のない体が思い起こされるたびに、土に生きるということの凄まじさが蘇ってきます。

やがて経済的繁栄が訪れ、農機具の普及によって重労働がかなり軽減されました。ところが、人間というのは横着なもので、ひとたび楽な方向へ突き進むと際限なくそっちへ転がってゆき、しまいには農業自体を忌み嫌う若者が増え、都会へ出て行けば土にまみれずに済むという、ただそれだけの理由で離郷者が続出しました。その結果と、悪政としての農政の欠陥が相まって現在の農業不振を招いたのです。

周りは年寄りばかりです。それも後期高齢者が目立ちます。休耕田も増える一方です。少なくともこうした土地に未来の輝きは見あたりません。

そういった深刻な状況のなかで私は、腹の足しにもならない園芸なんぞを楽しんでいます。死ぬのを待つような人生の後半生を忌み嫌って、執筆と作庭にひたすら打ちこんでいるのですが、しかし、これが人間本来の生き方であるとは言い切れない自分をも併せて感じています。

もちろん、時代を比較したところで何も始まらないことは承知しています。

要するに、今の自分が今の時代を精いっぱい生きるほかないのです。

歳月は確実に流れています。時代もまた然りです。それが証拠に、私も妻もそれなりに老いました。でも、タイハクオウムのバロン君は命の絶頂期へと向かって突き進んでいます。そんな私たちを取り囲む好みの草や木も、生き死にの摂理に忠実に従っています。

ともあれ、この世に存する限りは逃げ場を完全に失うことなど絶対にあり得ません。月の色に染まった夜が、官能的な痛みを伴う闇が、またしてもひたひたと押し寄せてきて、すべての生き物に寄り添う固有の意味を優しく覆い隠してくれるのです。

「それでいいのでしょう」と蓮華岳が慰めてくれます。

「それがこの世における命の在り方というものでしょう」と蟻が断言しています。

そうです、馬鹿なんです

八十歳を超えて不思議に思うことがあります。覚悟していたにもかかわらず、寿命の短さを痛々しいまでに自覚する瞬間がまったくないのです。若かった頃と同じとまでは言いませんが、やはり未だに時間の感覚が永遠の位置に留まったままなのです。

これはいったいどういうことなのでしょうか。曲がりなりにも健康体を保っているからなのでしょうか。そんなはずはありません。風呂へ入るたびに慢性的な膝の鈍痛が再認識され、鏡を前にするたびに皺と染みが増えていることを思い知らされます。老化が急速に進んでいることは厳然たる事実なのですが、なぜか落胆や失望のたぐいに見舞われることがないのです。どうやら妻の認識も同じようです。

子どもがいないからなのでしょうか。ために、生々しい加齢を自覚できないのでしょうか。それも確かにあるかもしれませんが、すべてとも思えません。

世間一般の暮らしを送っていないせいで、歳月の捉え方が大幅に狂ってしまったのでしょうか。もしそうなら、願ったり叶ったりのいい事です。

さもなければ、これはあくまで自分勝手な解釈なのですが、多くの草木と共に命を日々積み重ねていることから発せられた僥倖かもしれません。その意識はなくとも、実際には花々から何かしら好ましい影響を受けてこうした能天気に浸っていられるのだとしたら、言葉は悪いですが、儲け物です。

当然ながらそういつまでもつづくことはないでしょうが、ともあれ今はこうして生きているのです。そしておめでたいことに、数十年後の庭の設計を本気で考え、生育が極めて遅い苗木をどんどん購入しています。この春にもまた、三十センチにも満たない接ぎ木のマグノリアの仲間を取り寄せて植えました。そしてその花が満開になる将来を本気で想像しているのです。

文学作品においてもそのありさまです。これが最後と思って書き上げた作品を前に、もう次の執筆に入っているのです。その勢いを中断させ、中止させる条件が見あたりません。いい人生と言えばそうなのでしょうか。

植えたばかりの〈ブータンルリマツリ〉が、「満開に期待していいぞ」と約束ました。

「それまで何年でも待ってる」と私はあっさり安請け合いをしました。

するとタイハクオウムのバロン君が、「馬鹿か、おまえは」と、すかさず横槍を入れてきました。

裏切りは命の証

「美はけっして裏切らない」という巷説（こうせつ）のたぐいですが、他はいざ知らず、事、庭造りに関しては当てはまりません。真っ赤な嘘とまでは言えないまでも、それに限りなく近い印象を押しつけられたことがたびたびありました。

それというのも、草木もまたれっきとした命を抱えて生きているからです。

つまり、生命体である限りは裏切りの可能性と必要性から無縁であるわけにはゆかないということです。有機体の宿命なのでしょうか。

とりわけ高度な精神構造を有する人間は甚だしく、ときとして、何の得にもならない、裏切りのための裏切りをやってのけることさえあるくらいです。

宿根草のはずが数年後に姿をくらまします。寒冷地に強いはずの常緑樹が、特にこれといった理由もなしに、いつしか知れず枯れています。肥料も水やりも充分過ぎるくらい充分であるにもかかわらず突然死を迎えます。

しかしまあ、本当の裏切り者はこの私なのでしょう。なぜとならば、そうした植物などどこにも生えていないような土地で、自分好みであるという、それだけの動機で移植をし、あまりに身勝手な美を優先する過剰な剪定を加え、配置換えをくり返すのですから。

そうした過酷な条件のなかで生き抜いたものだけを信頼に足る相手と見なして愛でるのは、独裁者さながらの振る舞いではありませんか。

歴史も、時代も、社会も、恋愛関係も、人生そのものも、裏切りの連続によって成立していることは紛れもない事実です。もしかするとこれこそが美の根源であって、ひいては感動の源泉なのかもしれません。もちろん小説家にありがちな私見なのですが。

ふと、そんなことを思う今日この頃が、真夏の蟬時雨のなかへと埋没してゆきます。

妻がタイハクオウムのバロン君におもちゃの板切れを与えることを忘れました。

バロン君は優しく頭を撫でている妻の指を咬みました。

そして私は、ようやく根付いたばかりの、白花のレンゲツツジを、周りと馴染んでいないという、それだけの理由で、さんざん頭をひねって選んだ場所に移し替え、連日の水やりで復活させようとしているのですが、しかし、生長を遅らせたことは確かです。もし枯らしてしまったならば、裏切り行為のひとつとして心のどこかに小さくもあり大きくもある傷を負わせる羽目になるのでしょう。

好一対のカラスが口を揃えて、「このウラギリモノガ！」と鳴くのです。

「巣から落ちた雛を見殺しにしたのは誰なんだ」と私は言い返しました。

その醜いやり取りを耳にしたバロン君が「ロックンロール！」を連発しました。

運命だ、諦めろ

人生と同様、常に変わりゆく庭でありたいと願っています。

しかし、いちいちそんなことを望むまでもなく、双方共にそういう方向でひとりでに動いているのですから、そもそも考えること自体が間違っているのでしょう。

片時も変化を止めない庭が、これまた変化を止めない私に大きな精神的利益を与えていることも否むに否めない事実です。

あちこちから勝手に集められてしまった植物たちはそう思っていなくても、ひとえに資金不足によってこの土地に縛り付けられている私のほうは、好みの草木で埋めた空間を感動の源泉を具象化した世界と定めて、一方的に生涯の友と決めつけています。

八十年も生きてしまった今、どうやら日ごとに運命論者へと傾いてきているようです。つまり、「これが俺の人生なんだからじたばたするな」という自戒の言葉の回数がどんどん増えていいます。「まあ、だいたいこんなもんだろうなあ」という実感が新しい朝を迎えるたびに真実味を帯びて、それが人生の締め括りとしての観想を安定化させているのです。

ガレージから自宅玄関までつづくデッキの下に潜りこんでの重労働の真っ最中であっても、そう思えるようになってきて、どうしてこんな惨めな作業をしなければならないのかという疑問が疑問に思えなくなってきました。

デッキの下の空間を利用して落ち葉を腐葉土に変えることを思いついたのは、信じられないような重い岩を抱えて運ぶことができた五十代後半ではなかったでしょうか。人一倍せっかちな私にしてはいいアイデアでした。そして、事は上手く運んでくれました。

立派な有機肥料となった土を掻きだしてバケツに入れ、それを庭のあちこちに撒くのですが、いざ試してみるとこれがもう実に大変な仕事だとつくづく思い知らされ、いくら経験を重ねても慣れるということがありません。

何よりも、狭いので窮屈です。足の位置をのべつ変えても痺れてきます。埃とムカデが邪魔です。肥料になっている土だけを取り出すには上下をひっくり返さなければならないので一向に捗りません。もしヘルメットを被っていなければ頭が瘤だらけになっていたことでしょう。へとへとになったところで、お決まりのボヤキが口を突いて出ます。

「これが俺のするべきことなのか」

すると、もうひとりの私が決まってこんなことを言うのです。

「では訊くが、何かの間違いで小説家になったおまえだが、よもや心底から天職だと思ってはいないだろうなあ」

実体としての私が居直りの言葉を返します。

「何を今さら。そう思うしかないだろうよ」

永遠の命と思うべし

これまでとまったく同じ暮らしをくり返しているだけなのに、日々あくせくしているだけなのではという、軽いながらも慢性的な、あの自己嫌悪が、馬齢を重ねるにつれてぱったりと途切れました。

生きてはみるものです。一種の精神的な進歩と見なすことによって、老いをやり過ごす術を身に付けたと、そう無理やり思いこもうとしているのでしょうか。そんな私のことを、庭の草木たちは〈一知半解の徒〉と決めつけて、陰で嘲笑っているようです。

それはともかく、体力に物を言わせていた時代はすでにして遥か遠くへと退き、それに合わせて気力もかなり怪しくなってきました。この現実は、好き嫌いに関係なく認めなければならないでしょう。そんなことはとうにわかっています。わかってはいるのですが、安直にそんな答えを出してしまったりすると、通力を失った天狗のごとき惨めさを味わうことは必至です。だからして認めません。意地でも。

精神力だとか気力だとかやらが、同じ思考のなかを行きつ戻りつしています。

すでにして半世紀を経ているはずの我が庭が、前進の途に就いたばかりだと言って止みません。

「いい置くべきことはないか」と迫る死に神に対して、この八十歳は「殺されたいのか」などと脅しを掛ける始末です。

梵鐘が弔鐘に聞こえる夕間暮れ、これまでくぐり抜けてきた日々が半月刀のごとき曲線を描いて落日に呑みこまれてゆきます。

出生地は地球です。それでいいじゃないですか。

気圏に突入する隕石を目撃した回数なんてどうでもいいじゃないですか。

私はこれまでにシロヤシオツツジの開花と数十回は出会ってきました。これに優る宝があるでしょうか。

気に入りの植物群が荒ぶる世間に対しての緩衝地帯を設けていることは否むに否めない

事実です。もし庭造りとの出会いがなかったら、果たして私はここにこうしていられたでしょうか。新しい文学をめざしてどこまでも突き進めたでしょうか。

それより何より、ここまで生き長らえることができたでしょうか。


インコの仲間にしてはでかい図体のタイハクオウムのバロン君が言いました。

「四十年という寿命の鳥のためにも頑張ってくれ」

年齢など何するものぞといった風情が板に付いている妻が、表情で言ってのけました。

「あたしたちの命は永遠よ、そう、永遠」

一陣の突風が爆笑しながら通り過ぎて行きました。

夢がない者は他者の運命に従う

自分の食を削ってでも我が家を訪れる野生動物に食べ物を与えつづける妻は、そうした行為があたかも使命でもあるかのように、もしくは最大の生き甲斐でもあるかのように、まさに没頭という表現がぴったりの日々に明け暮れています。

近頃では親元を離れたキツネの兄弟が毎晩訪れ、警戒心の強いかれらにもとうとう妻の誠意が通じたらしく、背後まで迫って生唾を呑みこむまでになりました。さすがにまだ頭を撫でさせてもらえるまでには至っていませんが、それでも大した進歩です。

一方、楽観主義が毛皮を纏ったようなタヌキはと言いますと、出会いの当初から餌を小皿に分けている妻のすぐそばに控えて、飼い犬顔負けの親近感を示しています。

とはいえ、キツネとタヌキ、あるいはテンやイタチなどが現場でかち合いますと、それはもうただでは済みません。時には血を見るような大喧嘩が勃発し、そうなるともはや妻の出る幕などなく、仲裁など夢のまた夢にすぎなくなってしまうのです。

不思議なのは、かれらが庭の草木の生育にほとんど影響を与えないことでしょう。新しい土を使って移植した箇所が掘り返されたりしたことは間々あっても、致命的なダメージを被るほどではありませんでした。

かれらがどうして草花を踏み荒らさずに歩くのか、その理由について考察してみました。猫なんぞはやりたい放題で、子連れの場合はもう庭全体が遊び場と化して被害は甚大でした。しかし、野生の獣たちは慎重な足取りで横切って行くのです。ライバルたちに形跡を知られたくないためなのでしょうか。それでもテリトリー誇示のために糞は残します。

タヌキの糞をかき消そうとでもしているのか、その上にキツネがたっぷりやってゆくのです。妻は餌を与えるばかりで、糞の始末は私です。なんだか不公平です。あちこちに穴を掘って片づけているのですが、連日となるとさすがに捨て場に困るようになり、面倒だということで、一箇所に大きくて深い穴を掘りました。できればそこでやってもらいたいという思惑は大外れとなり、朝になるといつもの場所にこんもり。

まあ、肥料にはなっているわけですから、妻の楽しみもまんざら棄てたものではありません……ということにでもしておきましょうか。


母親と思われてもおかしくないほど歳の離れた義姉が、私の妻である妹に常々こんなことを言っていました。

「あんた、願いが叶ってよかったわね。子供の頃から田舎で動物相手に暮らすのが夢だったんだものね」

すると、貧乏作家としての負い目が薄れて、私は思わずこんな言葉を口走るのです。

「この俺に夢らしき夢がないのは、おまえの運命に添うためだったのさ」

美を生かすも殺すも環境次第

使い古された、「掃き溜めに鶴」という表現ですが、現実世界においてはそれが言葉通りに成立することなどまずもってあり得ません。

なぜなら、掃き溜めに満ちる不潔さや猥雑さの勢いが圧倒的なあまり、ふわりと舞い降りた鶴の優雅さが数瞬間でぶち壊しにされてしまうからです。

これとそっくり同じことが庭においても認められます。

ツツジの女王とも称される、気品と艶やかさの両方を兼ね備えた奇跡の花、かのクロフネツツジの圧倒的な素晴らしさは誰しもが認めるところでしょう。

多くの客を呼びこんで商売に繋げる、それはもうド派手の一語に尽きる広大なツツジ園などでは、ただもう色とりどりの多数品種をぎゅう詰めにする、これ見よがしの演出を優先させるあまり、どぎついものばかりを漫然と配置し、その結果は悲惨の一語に尽き、表面的な美しかもたらしません。つまりは、奥床しさや風情とは正反対の雰囲気に満ちあふれた、異様な空間というわけです。

とはいえ、大多数が有する美の尺度はまさにそれであり、〈抑制の美〉などにはまったく反応を示しません。そしてそれが常識として罷り通っています。だからといって、嘆くつもりはなく、よしとするつもりもありません。

当然ながら美的感覚が人それぞれだということはよくよく承知しています。

しかし、その商業用ツツジ園の映像のなかに、かのクロフネツツジを発見した際の衝撃は今でも忘れません。予想外もいいところでした。他を圧倒する気高い美を伴った存在感を発揮していなければならないはずなのに、なんと周りの凡俗の雰囲気に完全に呑みこまれてしまって、しばらくは見分けがつかないくらいでした。

美を成す鍵は、要するに環境にあったのです。

究極の美を醸す花をいい加減な場所で育ててはならないということです。

逆説的な言い方をすれば、さほどではない花であっても、より良き空間に置きさえすれば、秘めたる本来の美に磨きがかかって、価値を数倍、数十倍にも高めてくれるということになります。

そうした発見を元に、自分の庭を総点検しているところです。長年かけて集めた草木が本当に申し分のない環境に置かれているのでしょうか。疑問続出です。配置換えが必要です。でも、移植にはもう遅過ぎる樹木が大半です。残された手は、なんとかやり繰りすることです。そうしましょう。現実と理想のせめぎ合いもやむなしです。


山地で育つべきはずの、大木へと向かいつつあるブナが、皮肉を隠そうともしない物言いで、こう私に尋ねました。

「おまえ自身はここでいいのかな?」

嫌われる夫　好かれる妻

八割方の花が終わると、今度は葉っぱだらけの庭に様変わりします。

そしていよいよ私が避けたがる暑さの季節が訪れます。しかし、天性おっとりし過ぎている妻は、入れ替わり立ち替わりの多湿と高温にびくともしません。汗を拭う仕種が知り合った二十代前半の頃の彼女を彷彿とさせ、ふんわりとした追憶を差し招きます。

当時の彼女の印象について、タイハクオウムのバロン君に話してやりました。

山奥の蕎麦屋の女将が妻のことをいたく気に入り、店を出るや外へ飛び出してきて嬉しそうに話しかけ、ちょっとした土産を手渡してくれました。初めは客へのサービスなのかと受け止めていたのですが、通い詰めるほどにそうではないことがわかってきたのです。

有り体に言いますが、私を嫌う者は少なくありません。

それというのも風貌が原因で、スキンヘッドにサングラスではとても文士の端くれに思えず、下手をするとその筋の者と勘違いされたりするからでしょう。さしずめ庭に紛れ込んだ野獣といった印象なのかもしれません。

そこへもってきて、〈粋〉だの〈乙〉だのという曖昧模糊とした価値観とはいっさい無縁なストレートな物言いが、心の軸に愛と優しさをでんと据えた文学ファンのみならず、辺り構わず本音をぶちまけることをよしとしない一般の人々までが、自分を抑え、ときには押し殺してまで「和をもって尊しとなす」の日本的な生き方の逆鱗に触れるのか、嫌うというよりも距離を置きたがる源になっているようなのです。

まあ、それはそれとして、こんなことを夫たるものが言うのもなんですが、そんな私とは正反対で、老若男女を問わず、妻のことを避けたがる者を見かけたことがただの一度もありません。それが証拠に、誰しもが妻と写真を撮りたがります。

もしかして、私が暴力的で犯罪的な道を辿らなかったのは、ただそこに居てくれるだけでまともな立場に引き戻されるという、摩訶不思議な連れ合いのせいかもしれません。

なお且つ、甚だ似合わないという理由で、自分でも時々首を傾げたくなる、文学の世界へ足を踏み入れたことも、その上に作庭なんぞに打ちこむようになったことも、彼女が放って止まない、オーラのたぐいとは別個の、〈脱力の雰囲気〉による影響なのでしょうか。

因みに妻は、文学に関心がありません。そして、植物には世間並み以上の強い興味を抱いていても、土にまみれ、汗にまみれる作業には手を出しません。

およそ半世紀の歴史を有する庭が言いました。

「お似合いの夫婦ってもんじゃないの」

建て替えてから三十年ほど経た家が言いました。

「最期が訪れるまでは支えてやるよ」

恵みの雨の教え

人間と同様、植物もまた欲張りです。日光も欲しがれば、それ以上に降雨も求めます。しとしと降る雨は、干天にうんざりしていた草木を活性化させ、その蘇生の息吹を目の当たりにする私をも復活の道へと導いてくれるのです。

肉体的にはともかく、精神に与える影響の素晴らしさたるや、曲がりなりにも言語芸術に挑みつづける物書きにとっては格別なきらめきとなります。

ツユクサを雑草と見るか否かについて決めかねてしまうのは、まさに雨の季節です。

そして、残酷な分だけ感動に満ちあふれたこの世と、そこで生き死にをくり返すしかない命の数々が、梅雨の季節を得て、あのなんとも言えない安寧に浸るのです。

群青色のアジサイはむろんのこと、さまざまな形状と色合いのクレマチスの花もひと雨ごとに映えてゆきます。

夜はむろん、昼においてもアマガエルの大合唱が始まります。

深い安らぎと落着きが執筆への熱情を静かに蘇らせます。

妻はキツネの兄弟に与えるための餌作りに余念がありません。

タイハクオウムのバロン君はうつらうつらして白昼夢へ傾いてゆきます。

世界は闘争に明け暮れているようですが、しかし、ここだけは平和が支配してします。

存在する意味を問うてくる声はどこからも聞こえてきません。

雨粒に打たれた無数の葉が私たちのために踊ってくれています。

時の流れが間違いなく明日へ直結していることを確信させてくれる雨音です。

いつしか求道者にでもなった神妙な気分に包まれています。

万物に命が宿っているという考えがさらなる信憑性を募らせます。

発奮の材料などはまったく必要としないことがどんどん明らかになってゆきます。

人生における勝敗にこだわるのは無駄な骨折りだと呟いているのは、数千年の歴史をくぐり抜けてきたワイルドローズたちです。

雲の上に鎮座すると称されつづけてきた誰かの気配が雨に洗い流されています。回復されてゆく生命力の先の先に在るものがなんであろうと、発展であろうと、破滅であろうと、この際知ったことではありません。

現在降っている雨のひと粒ひと粒が、一瞬一瞬に掛け替えのない価値を授けてくれているように思えてなりません。

草色に染まった雨滴が地中に吸いこまれる寸前に、こう言い放っています。

「熟慮を要する問題？　許否を問い合わさなければならない案件？　俗念を去って開く悟り？　腰だめで決めなければならない一生の仕事？　波風の立たない自己の伝達？　そんなものなどいっさい必要ないね」

雷神のお説教

三千メートル級の峰々の上空で、突如として高電圧を帯びた怪しい雲が入り乱れ始めます。辺り一帯の空気が重く淀んで、雷の気配がたちまちにして濃厚になってゆきます。我が庭を構成する草木も、ひんやりとした突風に怯えて身を硬くします。野鳥たちはすでにどこかへ避難しています。タイハクオウムのバロン君も動物的直感とやらで気配を察したのか、視線が定まらず、やがて悲鳴に近い雄叫びを張り上げます。

雷の恐ろしさはどこでも同じでしょうが、しかし、こうした山国におけるそれはいやに生々しく感じられるもので、直撃されるのではないかという不安が都市の場合より遥かに確率が高いように思えてなりません。

現に被害を受けたことがあります。インターホンやら電動開閉式の門扉がやられてしまったことがあり、以後その装置の調子がよくありません。

細長い三階建ての自宅が雷を呼びこむのではという心配が絶えません。そんなときはそれ以上に高く育ったブナやイタヤカエデに助けを求めるしかないでしょう。つまり、避雷針の代役を務めてもらって難を最小限にしようというじましい魂胆なのです。

しかし、幸いにも大半の雷が素通りしてくれました。それでもだしぬけの雹に葉を穴だらけにされた悲劇が一度だけあり、その年はもう秋の紅葉の楽しみに期待できませんでした。

立ち去ってくれたはずの雷雲が舞い戻ってくることも珍しくありません。二度三度と往復を重ねる意地の悪い雷神もいました。

そんなとき、ふとこう思ったりします。行き当たりばったり生きてきた付けを払うには天がもたらす最期が最も相応しいのではないか、と。生きる希望を失うほどの重苦に喘いだためしがない者にお似合いなのは、まさに感電死ではないか、と。

たぶん、できればあっさりとこの世を去りたいという願望がそんな終わりに憧れさせるのでしょう。とはいえ、思い通りに運んでくれない、なんとも皮肉な人生ですから、きっとそうはならないでしょう。具体的な想像などしたくもありませんが、どうせ厄介千万で見苦しい終幕を迎えることでしょう。

キツネやタヌキに餌を運ぶ途中で土砂降りの雨に襲われた妻が、ガレージと物置を兼ねた建物の軒下で動きが取れなくなっています。浮かべている笑みの意味がわかりかねます。


雷鳴がのたまいます。

「無意義に日を送るな」

稲妻がうそぶきます。

「取り消し不可能な人生を敢えて生きよ」

人世はロックンロール

歳を重ね、庭の草木が成長するにつれて、反時代的な存在へと固まりつつある自分を感じないではいられません。そうです。あらゆる点において存在感がぐっと弱まってきているのです。それが正直な実感です。

にもかかわらず、なぜか焦燥感のたぐいはありません。一個の生き物としての流れがごく自然に認識されるのです。つまり、命というのはこうして終わってゆくものなのだという、悟りに限りなく近い理会に包みこまれているのでしょうか。

脳を含めた五体のあちらこちらで欠乏と喪失が募っています。そのくせ、精神内では静かな光の広がりが確かに認められるのです。人間とは不思議な存在です。

このまま上手く歳を重ねてゆけば社会から荷厄介にされる可能性は低いでしょう。そうなってほしいものだとつくづく思います。

厳選されたシャクヤクの花が人生後半の過剰な静寂を穿とうとして、その華やかさと艶やかさを競ってくれています。これまた厳選されたシャクナゲはすでにして花を散らしていますが、早くも来年の開花に備えて着々と蕾に養分を蓄えつつあります。いつまでそうするのか知る由もありませんが、少なくとも私がこの世にいなくなってからも長いこと生長をくり返してゆくのでしょう。

そして私は、翌年の花を見たくて、現在執筆中の、全四巻の作品の完成と出会いたくて、才能を持ち合わせていながら日の目を見ない新人を発掘したくて、その一心で今を生きつづけています。若い頃には到底味わえなかった、商業主義一辺倒の大手出版社相手の仕事をくり返していた時代には得られなかった、充足の日々を穏やかにくぐり抜けていられるのも、ひとえに作庭との出会いがあったからでしょう。そんな確信が募ってきていま す。

ひっきょう、庭の発展が文学作品を言語芸術の高みへといざなってくれています。草木がもたらす感動のあれこれが書くことへの情熱を煽ってくれています。思いのほかいい人生になっているのかもしれません。

お気に入りのクロフネツツジがあちこちにばら撒いた種が芽を出し、しぶとく生き抜いて、そのうちの一株が初めて花を咲かせました。死は在っても、未来は在ります。それに伴う希望だって在ります。


今現在を楽しむことを生得のものとしている妻が言いました。

「そんな花が咲いていたなんて教えられるまで知らなかった」

刹那に生きているタイハクオウムのバロン君が、そうとしか聞こえない得意の言葉を発しました。

「ロックンロール！」

あの時代からこの時代へ

文学に終わりがないように、究極の芸術たる作庭もまた永遠の色に彩られています。つまり、生きんがためのちまちました日々の営みから発生するせせこましい思いの数々から、広い意味において解き放ってくれるのが、芸術の芸術たる所以なのでしょう。地面へと吸いこまれてゆく雨水は、しどろもどろの自己弁護や、実際には別にどうってこともない意気阻喪や、いかにも世俗的な欲のあれこれをも併せて連れ去ってくれます。

そして創作行為とは、蒸し暑い部屋に氷柱を立てるようなものなのかもしれません。真の文学に接するとき、精神性がぐっと高まって魂は赤外線に感光するフィルムに似た役割を果たし、川音を聞きながら明かした一夜が、また、虫食いだらけの柱に寄りかかって軒先の古木を長いこと見つめていた幼年時代が夢うつつで思い出されるのです。

そして当時着ていた、針目が不揃いな、母親が手縫いで作った浴衣の追憶がなんとも生々しく蘇ってきます。併せて時の流れの恐ろしさを再認識させられ、あれ以降、ずっと反時代的な生き方をしてきた自身が、人形劇の人形のように思えてなりません。

まあ、そんなことはもはやどうでもいいのです。ふつふつと煮えたぎる弱者の怒りを代弁する文学に半世紀以上も携わってきたことをよしとして、一個人としての見解を手作りの庭に向かって語りつづけることに没頭しましょう。

原種系の、小型で、色彩豊かで、均整の取れた形状のチューリップが、やはり小ぶりで素朴な風情にあふれたシクラメンと同様に、これまで幾度となく見かけてきた駅頭の別れのように、魂の奥底へといざなってくれます。

シベリア産のアイリスの楚々たる花が、おのが人生への嫌悪感を打ち消し、胸のどこかに刺さっている矢を引き抜いてくれます。

おのれの過去を振り返って喜ぶ愚か者であったほうがよかったのかもしれません。

勝利の味も敗北の味も知らない八十年が誇りに思える瞬間が時としてあります。

年齢を裏切って若ぶってはみたものの、独り芝居の域からは逃れられません。

それでいて、自作の庭の魅惑にはあっさりと負けを認めてしまうのです。途方に暮れることにも飽き飽きしました。

芸術的新風が澎湃（ほうはい）として起きる可能性が極めて低いこの島国の、いかにも残念な有り様にもようやく慣れてきたようです。もちろん抗いつづけますが……。

リンゴ園だった当時のこの土地が言いました。

「あの時代を忘れてしまったか」

植えられて数年をくぐり抜けた園芸種のマグノリアが言いました。

「この時代を気に入っているよ」

いつもながらの日常が

庭が最も華やかに装うとき、同時に通俗的な観念のあれこれも併せて急浮上してくるのです。美とはたぶん、そもそもそうしたものなのでしょうか。

ともあれ、いかなる種類の美であってもそれに触れた際には、運気が上昇に転じたように錯覚され、疑点が幾つも尾を曳く人生なのに、心の空が一挙に晴れ渡ったように思えてなりません。

日が落ちて、漆黒の闇が万象の上に密やかに降り、庭の花々が光と影のせめぎ合いから一旦遠ざかります。すると、タイハクオウムのバロン君がこの世に生きていることの寂しさを感じるのか、なんとも切ない絶叫を始めます。そこで妻と私が廊下へ連れ出し、ぶらぶらと散歩をさせてやります。そうやって独りではないことを知らしめてやるのですが、夜には付き物の不機嫌さを直すには早く寝かせつけてやる一手しかありません。

ケージを綺麗に掃除してから、新鮮な水と、通常の餌のほかにバタークリームをサンドしたクッキーを一枚食べさせ、灯を消すと、彼の希望は明日へと持ち越されるのです。

それが夜の八時前後です。バロン君をぐっすり眠らせてやるにはこっちも早寝するしかありません。習慣とは恐ろしいもので、いつの間にやらそうした日課が板に付き、妻が庭のいつもの場所で夜の訪問者たるキツネやタヌキに餌を与える頃にはもう、限りなく死に近い深い眠りの底に落ちています。

当然ながら早起きです。パンや豆腐の職人たちと同じ時間、夜の二時頃にはもう寝床を出て書斎に身を置いています。まずは腹ごしらえから始めます。ひと昔まえの宇宙食のような、栄養価だけは申し分がない、およそ食べ物の範疇に入るかどうかも怪しい、パサパサした二種類の加工品を、水道水で胃袋に流しこみます。そして歯を磨きながら、執筆の予定に狂いがないかどうかを再確認します。

文章を書くという行為を止めなければならないサインは、頭が庭仕事に向けて働き始めた時です。肉体労働への誘惑が募ると同時に筆を置き、後はもう書斎を飛び出すのみです。

いつしか夜が明けています。朝のバロン君は不機嫌です。ムスッとして、「お前は誰だ?」と言わんばかりの目つきで私を睨みつけてきます。ひと晩のうちに記憶の八割方が飛んでしまっているのでしょうか。水を取り替えてやろうとすると、その鋭い嘴でつついてきます。本気です。危険です。細心の注意が必要です。

その一時間後に起きてきた妻が淹れるコーヒーを飲み、まだぼうっとしているバロンの機嫌を損ねないよう気をつけて頭を撫でてやり、朝の散歩をさせます。こうして、いつもながらの、意味が在るのか無いのかよくわからない日課がこなされてゆくのです。

バロン君の目は明らかにこう語っています。

「俺のためにどうやっても生きつづけてくれよ」

人生の花殻摘みは？

バラだらけの庭だった時代には、花殻摘みの仕事が結構きつかったのです。とはいえ、覚悟の上で辛抱強くつづければ、想定した時間内でどうにか片付いたものでした。数が多くても、散りかけたバラの花のひとつひとつは鋏一丁で瞬時に処理できます。でも、最盛期には少なくとも朝と夕の二回きちんとやってのけなければなりません。そうしないと著しく見場が悪くなり、咲いたばかりの花の価値まで貶めることになってしまい、全体の印象が数段下がります。

要するに、この面倒な作業をきちんとやるかやらないかでローズガーデンの真価が決まるのです。有名なバラ庭園を鑑賞する機会を得た際、なんでもかんでもぎっしりと詰めこんだボリューム感と、これ見よがしのけばけばしい色彩の迫力に圧倒され、好みではなくても、「まあ、これはこれでよしとするか」という妥協へ傾きかけたのですが、殺菌や殺虫や剪定や雑草退治に手抜きはなくても、残念ながら花殻摘みの点ではマイナス面が目立ってしまい、派手さに翳りが認められました。おそらく人件費の問題があるのでしょう。

ために、好き嫌いを突き抜けた華々しさを存分に発揮できず、やはりこの手の庭には同調できないという再認識が頭をもたげ、それきり二度と訪ねていません。

しかしながら、世間一般の受けとしてはそうした庭園が持て囃され、客の動員数のおかげで維持管理がなされ、廃園にならずに済んでいるというのが現状なのです。

現実的な価値観に調子を合わせていたら、芸術の域に達する庭から著しく乖離してしまうことを真剣に恐れたのは、文学に対する取り組み方と共鳴する部分が多かったからでしょう。自分の庭と文学からは、商業的に過ぎる要因を、つまり多数の素人に媚びを売るような姿勢を、極力排除したかったのです。

いつしか次第にバラという知られ過ぎた花から身を退くようになり、どこか造花を連想する対象となってゆき、まずはモダンローズが、ついでイングリッシュローズやアンティークローズを含めたオールドローズが排除され、そして今ではワイルドローズがほんの少し残されているにすぎません。

因みに、私に追い出されたバラの運命ですが、もらってくれた知人宅の庭を華やかに飾って、通行人の目を惹きつけるくらいの力を秘めた、それなりの美を醸しています。

バラに代わったのは、ツツジの野生種とその変種です。園芸種で埋まった公園やツツジ園のそれといっしょにしないでください。気品のある美においては格段の差があります。欠点はただひとつ、花殻摘みがバラのように根気だけで済まないことでしょう。

「おまえの人生の花殻摘みはどうする?」という声がどこからともなく聞こえました。

「まだ咲いてもいないよ」と私は即座に答えました。

なぜ非オープンガーデンか？

オープンガーデンにしたいと思ったことは一度もありません。想像したことすらないのです。

なぜでしょう。私個人のための庭だからです。プライベートガーデンの典型だからです。とはいうものの、外からまる見えなのですから、シークレットガーデンとは呼べません。

奇しくもその内向性は、おのれを納得させるためという点において、私が物する文学作品に共通するものがあるようです。要するに、どちらも個人的な芸術観の発露の場ということになるのでしょう。

思うに私は、この過酷な世を生き抜くために最も不必要な、つまり収入に直結しない文学と作庭に打ちこんできたのですが、それでもどうにかここまでやってこられたことが奇跡に近いのかもしれません。たとえ長生きできたとしても、せいぜいあと二十年が限界でしょうから、その間に発生する辛苦のたぐいなどは若かりし頃のようにあくせくの対象にはならないはずです。

もうひとりの自分を相手の議論百出は引き潮のごとく遠ざかりつつあります。よしんばこの先何があったとしても、厄介な病で一生を棒に振った知人のことを想えばいちいち動じるには値しません。

昇天が地獄からの脱出であってくれることを願う前に、自身の庭に天国を創り出すつもりです。そして心魂のどこかに、言語芸術に挑みつづけたという自負をしっかりと刻みつけておきたいものです。

しかしまあ、そうならなくても構いません。

長年眠りの底にあった本物の自由意志が幻に終わったとしても、別に驚くには当たらないでしょう。

他人がどんな目で見ようと、私にとっての書斎と庭は聖域そのものであることに変わりはありません。そこへずかずかと踏みこんでくる赤の他人を温かく迎え入れるだけの度量は、残念ながら持ち合わせていないのです。

とはいえ、庭の美のなんたるかについて一家言を持っており、独自のそれを披瀝することにやぶさかではありません。そして、真の文学がどうあるべきかについても同様で、すでに〈塾〉という形のなかで、生命観と躍動感にあふれる、より具体的な手法で肉薄する〈文章道〉の一から十までを懇切丁寧に教えています。

庭が言いました。

「植物を派手な彩りでしか観ない者はここへ入れないでほしいな」

「ナルシシズム一辺倒の作品を文学と観るのは、さてどうかな」と書斎が言いました。

八十のジジイのやることか

とうとうデッキが崩壊しました。

腐食した箇所を小まめに修理していたので、普通の体格の持ち主が普通に通っている限りは別にどうということもなかったのですが、実際にはリフトに毛が生えた程度のエレベーターのメンテナンスに訪れた人物ときたら、なんと優に百キロを超える巨体の持ち主で、しかも二十キロもの道具箱を抱えていたのです。たまったものではありません。

案内した妻が背後の異変に気付いて振り返ったときにはもう、力士さながらの彼がデッキを踏み抜いてひっくり返っていたのだとか。幸いにして怪我はありませんでしたが、その一方においては、自分の目でその瞬間を見たかったという、物書きのいやらしい性根が急浮上したことも偽らざる本音です。

業者からの請求書を回してくれれば全額支払いますとの申し出が彼の上司からありましたが、専門家に任せるととんでもない額になってしまうので、自分で修理するから材料代だけ持ってもらいたいという妥協案を出しました。

甘い提案でした。現場をじっくり調べてみますと、被害は想像以上で、つまり、板を支える横木や、その横木を支える杭までもがぽっきりと折れていました。

だからといって、ひとたびまとまった交渉をチャラにするなどという、みっともない真似は性に合いません。やると言ったからにはやるしかないのです。

因みに、こうした男一匹を気取りたがる軽薄な生き方が災いして、これまでに幾度窮地を差し招いたことでしょう。お調子者の典型です。

今よりもう少し若くて体力の名残を実感できた若いときにデッキの全面修理をやってのけた経験上、多少なりとも自信があったのです。それがとんでもない思い違いでした。

まずは補修箇所を調べ上げ、ついでどうすれば復元できるかを考え、必要な材料と数量を想定し、持っている道具でどうにかできるのかを心配し、ホームセンターで購入した重い材料をピックアップトラックに無理やり積みこみ、ああでもない、こうでもないと二日間を費やして作業を終えた夕方にはもうへとへと、と言うかへろへろでした。

その途中で見物にきた妻の言い種がこれです。

「ふーん、結構大変なんだ」

それに対しての私の言い分がこれです。

「これが八十のジジイのやることか」

「何か飲む?」

「決まってるだろうが。この汗を見たらいちいち訊かなくたってわかるだろ」

タイハクオウムのバロン君が、達成感半分、疲労感半分の私に皮肉を込めて言いました。

「ロックンロール!」

心の闇を花で隠す

おめでたくも関係者の大半が文学は永遠だと信じていた当時のことです。

あの頃の私はと言いますと、庭作りに手を染めたばかりで、草木が心や精神や魂に及ぼす影響力についてはほとんど理解が及んでいませんでした。

要するに、小説家としてはともかく、人間としてはまだまだ未熟で未完成でした。そう言うと、現在の自分がいかにも完成に近づいているかのような誤解を与えてしまうかもしれませんが、けっしてそんなことはありません。それが証拠に恥じの名残を未だに引きずっていて、思い出されるたびに気持ちがへこみます。

民権の擁護にはほとんど助力せず、明日の段取りばかりつけて暮らし、金銭に淡白な人物を蔑み、近時の世情を慨嘆してみせ、心身の円満な発達を図ろうとせず、仲間から荷厄介にされかけ、秋もたけなわになってきても読書で夜を更かしたことがなく、立場が鮮明になってきても無知を回避できず、首尾一貫した人生など考えたこともなく、物質不滅の原理なんぞに霊魂の不滅を重ね合わせ、寒々とした冬景色のなかで喉をぜいぜい言わせて悪態をつき……きりがないのでこれくらいにしておきましょう。

まあ、「ろくなもんじゃない」ということです。

不況真っただ中の二十年代のアメリカにギャングが横行し、そのなかで花屋を営む有名な男がいて、その末路は当然ながら悲惨な形で終わりました。シェークハンドと称される殺し方の餌食にされたのです。ひとりが握手を求めて利き腕を固定している隙に、もう一人が銃撃を加えるという卑劣にして効果的な抹殺方法で、当時は流行したそうです。そんなことはどうでもよく、問題なのは、彼が隠れ蓑として花屋を営んでいたわけではなく、根っから植物好きだったことでしょう。

植物を愛する者に悪人はいない。これは真っ赤な嘘です。

心に抱えている闇を帳消したくて、美と光の象徴でもある花々に対し、反動として魂が作用するのです。その闇は人さまざま種類もさまざまで、暗い生い立ちや、劣等意識や、家庭環境や、社会から受けた精神的な傷や、そして意識せざるを得ない悪などです。

そして今、ほかの誰にもなれない、この私は、地べたにかがみこんだまま、天から顔を背けるようにして、雑草取りに没頭しています。

少年時代に母親に言われた言葉が忘れられません。

「おまえは何か悲しいことがあると、そうやって単純な作業にのめりこむんだな」

なんと、私は悲しい存在なのでしょうか。

背後に人の気配を感じて振り返ると、そこに長年連れ添った妻がいて、私のことをじっと見つめていました。


「どうした?」という私の問い掛けに、妻は「別に何も」と答えました。

おれは文士なんかじゃないぞ

タイハクオウムのバロン君に日光浴をさせようと、妻がケージに入れたまま東側の窓をいっぱいに開けます。普通のオウムの飼い方としては、飛んで逃げてしまわぬよう下羽を切るのだそうですが、私たちは嫌いです。動物好きの妻は特に激しい反対論者で、そうされたオウムを映像で見るたびに、誰からも愛される彼女らしからぬ毒づき方をします。

健康維持のために太陽の光を直接浴びたバロン君は、外界のあまりの眩さに圧倒され、淡い青色に囲まれたまんまるい目玉をしばしぱちくりさせていますが、ほどなくうっとりした顔つきになって庭のあちこちへ視線を走らせます。自然的でありながら作為的でもある草木の構成をたぶん気に入ってくれているのでしょう。勝手にそう理解しています。

やがて地べたを這いずり回っている私に気づくや、「おまえはそんなところで何をやっているんだ。文士の端くれでありたいのであれば汗まみれ土まみれはやめろ。みっともないぞ」と言わんばかりの調子で抗議の雄叫びを張り上げます。いつものことなので私は素知らぬ体を守りつつ草取りをつづけるのですが、しかし、近所の杉の木に巣くっているカラスどもにとっては目障りもいいところで、上空を旋回しながら見慣れぬ相手の様子を窺っているうちに抗議と威嚇の意味を込めた声を投げつけてきます。

多勢に無勢です。バロン君はたちまち黙りこんでしまい、いつもの定位置、つまり、大型テレビの画面を斜め四十五度で眺められる場所に戻りたがり、一刻も早くそうするよう妻を促します。「あんたはほんとに内弁慶なんだから、もう」というお馴染みの台詞と窓が閉められる音を聞いて安堵した彼は、替えてもらった新鮮な水をごくごく飲んで自分を落ち着かせ、ご飯に相当するヒマワリの種とお気に入りのおかずであるチーズを挟んだクッキーをがつがつと食べます。その様子がなんとも人間的で、生々しい感情の動きが手に取るようにわかります。

因みに、抗議したいときや悔しいときには頑丈過ぎる嘴を床板に擦り付けながら半円を描きます。こうした自己表現もまたアニメ的で、妻がお気に入りの仕種のひとつです。

こうした鳥を超えた鳥との交流がどこまで双方の絆を深めるのでしょうか。よもや日常会話が可能な領域まで発展するとは思えなくても、「ロックンロール！」のひと言で一生を送るとも思えません。仮にそうだったとしてもそれはそれでまた面白いのですが。

食後の一服に当たるのかもしれない、板齧りが始まります。なぜかオウムやインコ専用のおもちゃを忌み嫌うバロン君には、ホームセンターから購入してきた厚さが五ミリ程度の、合板ではない、白木の板を手頃な大きさに切って与えています。バリバリと噛み砕く音は小気味よくも咬まれたときの恐怖を蘇らせます。

そんな上機嫌な彼に私は言ってやりました。

「おれは文士になりたいと思ったことなど一度だってねえよ」

いい加減に死ねば

冬のあいだどこかに隠れていたキジバトが春になると堂々と身を晒すようになり、私の庭の一部を無断借用して将来に備えた生活の拠点と定めます。

そしてたちまちのうちに幾組かのカップルが出来上がり、生垣のなかの安全な場所に巣をかけ、子育てに励むのです。その営みの健気さたるやいじらしく思えてしまうほどで、生きる意味のなんたるかを行為の積み重ねによって教えられ、頭が下がります。

古い話で恐縮です。かれこれ三十年前のことだったでしょうか。白髪を抜いてやらなくてもよかった頃の妻が、最小の低木に属するコケモモの可憐な花が気に入って、花好きでも土嫌いなくせに自分で植えたのです。

確かに可憐さを凝縮したかのような美花ではあります。しかし、残念ながら地植えには適してはいません。あまりに小さ過ぎて、しゃがみこんだ上に目をさらに近づけなければ、せっかくの感動を味わえないのです。それでも群生させればある程度の見応えは得られるのでしょうが、果たして増えてくれるかどうかは疑問の限りです。思惑通りに運ばない点では、庭も人生と同じと言えるでしょう。

コケモモの実は食べられます。美味と聞いた妻は、終わった花が付けた実に興味津々です。毎朝覗きこんでは今か今かと熟成を待っていました。ところが、ライバルの出現に気づきました。敵はキジバトです。かれらも妻とまったく同じことを考えて、足繁く通ってきます。

そして、いよいよ明日はと期待して早起きしました。現場をうろついているキジバトが目に入るや、厭な予感があっと言う間に妻を包みこんだのです。案の定、コケモモの実はひと粒残らずかっさらわれていました。

来年にはぜひと心に誓っても結果は同じで、早起きのキジバトには到底敵いません。相手もまた妻がそれを狙っていたことに気づいていたと思います。でも、一日中餌の件が頭をいっぱいに占めている野生動物に、愚図な人間の女が太刀打ちできるわけがありません。

そんなことが数年つづき、コケモモもまた、オミナエシやキキョウといった野草と同様、いつの間にやら消え去ってしまい、双方の睨み合いが自然消滅と相なりました。

キジバトは年に幾度も子育てをくり返します。雛が幼鳥へ、幼鳥が成鳥へと移り行く世界を横目で眺め、動物の一種として生きつづける私たちに未来はありません。文学作品がどうなっても構いませんが、庭だけは将来に繋がってほしいと願っています。

今年のキジバトが窓越しに家主の様子を窺っています。「いい加減に死ねば」とでも言いたげです。

「世間がうんざりするほど生きてやるさ」は年寄りの僻みでしょうか。

猿だって生きるのは大変なのよ

一時、猿の群れが里まで下りてきて、さながら輩の集団のごとき振舞いをしていたことがあります。数十頭が近所の留守宅を狙って二階の窓から侵入し、手あたり次第の物色によって食べ物を得る現場をたびたび目撃しました。

多くの草木で囲まれた我が家などは格好の遊園地として標的になります。しかし、かれらの思惑違いは私たちがほとんど家を空けないことです。しかも、主は日中ずっと庭へ出ているので迂闊に近づけません。

それでも昼寝の最中に異様な物音で叩き起こされ、見ると一大集団が辺り一帯を通過中で、いっぱいに広がりながら絨毯爆撃を想わせる、滅多にない荒らし方をやってのけている真っ最中でした。ガレージの屋根にも数頭が陣取って我が物顔です。好き勝手にさせておけば植物に及ぶ被害は甚大です。それより何より、とことん舐められているという怒りが先に立ち、かっとなって外へ飛び出して行き、大声で怒鳴りつけてやりました。

しかし、怯んだのは束の間で、比較的図体のでかい牡猿が、文字通り上から目線で私のことをじろりと睨みつけ、「人間だからどうしたってんだ」と言わんばかりの横柄な態度でくつろいでいます。それどころか、小石を投げる私に歯を剝き出して威嚇する始末です。

こっちとしても長年に亘って人間をやっている関係上、高が猿なんぞに弱みを見せたのでは男がすたるなどという、なんとも幼稚な自尊心に衝き動かされて、結局は同じ立ち位置に就いてしまい、長い棒をぶんぶん振り回し、パチンコまで使用して、とうとう追い払うことに成功しました。

正直なところ、人間たる私が勝利したのかどうかは断定できません。後になって思うと、相手はただ単に群れの移動の流れに沿って離脱しただけなのでしょう。

そんなことが三度ほどありました。農家の被害は甚大です。

そこで、猿を追い払うためだけに訓練された犬が雇われました。当初は疑問視されていましたが、いくらも経たないうちに効果のほどが目に見えるようになり、一時はわんさといた猿が一頭も見かけられなくなりました。少しくらいならいてもいいのではと思いたくなるような静寂です。

はてさてかれらはどこへ姿を消したのでしょうか。里に見切りをつけて山へ籠ることを決断したのでしょうか。そうとは思えません。野菜や果物や残飯の味をすんなりと忘れられるはずがありません。たぶん、モンキードッグのいない地域へと移動したのでしょう。

「確かに近頃見かけないわ」

そう言ったのは、かつてゴミ出しの途中で猿にカツアゲされたことがある妻です。

その後で動物好きらしい感想を漏らしました。

「猿だって生きるのは大変なのよ」

素晴らしき夏の訪れ

二度咲きの花がほころび始めたかと思うと、すぐに麦穂の波がうねり、たちまちにして夏隣りが迫ってきます。

数ヶ月前まで確かに在った、あの厳しい凍上の季節が信じられません。

そして、たちまち葉の緑が限界まで濃くなる盛夏の訪れです。

三種類ほどの蝉が代わる代わるやってきて、暑熱の季節を謳歌しています。

ギラギラの太陽が座食の徒を干物にしようと躍起です。

庭の植物たちは夕立を待ってひたすら猛暑に耐えています。

壁に這い纏わる蔓性の植物が猖獗（しょうけつ）を極めています。

訥々とした話しぶりが感動を呼ぶ老人の姿は消えたままです。

ありとあらゆる空間に萎靡（いび）沈滞（ちんたい）が蔓延しています。

しかし、これが夏です。

脇目も振らずにおのが仕事に励む夏の良さなのです。

宿根草のやや萎れた姿にも頽廃的な風情が感じられます。

その場をどうにか言い逃れようと足掻いてきた過ぎ去りし日々が遠のいています。

果てない苦役のごとき人生が再認識されることはなく、従って、希望の進路を変更する必要もありません。

鮮明な四季が存続する限り、いかなる絶望が待ち受けていようと幾時代も経てみたい、そう本気で思う刹那がたびたび訪れます。

真夏の華やかに過ぎる笑顔ほど世俗的な誘惑に満ちあふれたものはないでしょう。

胸の半ばを埋めていた、あの悲しい思い出に沈む例のきっかけは、果たしてどこへ飛んでしまったのでしょうか。

いかなる苦言も聞き逃さない耳は今、カッコウの気だるい鳴き声で埋まっています。

目を眇（すが）めて見るほど価値のある花は皆無です。

親切そうに慰め顔で話しかけてくる葉もありません。

生きる心得なんぞを説き聞かせたがるクロアゲハも羽を休めています。

つまり、人生の全面敗北をあっさり認めたいくらい、なんともいい気分です。

それが夏です。

これが八月のしるしというものです。


「長年の夢がついえた」

そんな声はどこからも聞こえてきません。

代わりに、こんな運命の呟きが届きます。

「誰しもが流浪の身なんだよ」

庭と文学が生の方向性を決める

モネの庭が色彩の爆発をめざしたのは、彼が画家の立場に在って争いに満ちた美の世界のなかから過度な感情表現を求めたからでしょう。あの有名な庭を動画で観たときの正直な印象は、生き物たる植物を絵具代わりにし、見え見えの虚構の空間を創ることに専念し、絵画を現実に引きこもうとした、ただそれだけの〈庭もどき〉以外の何ものでもないという、かなり残念なものでした。

聞くところでは、自分ではほとんど作業をせず、職人たちにああしろ、こうしろと指図して、ひたすら映像的な配色としての花を植えさせたようなのです。これでは、ヨーロッパの古城などにおける幾何学的な庭園と同様、命の通った庭として成立しません。

とはいえ、世間はこうした庭もどきを好み、目先が映える、けばけばしく、派手派手しく、彩り満載の庭園や公園に集中しがちです。日常からの強引な脱出という意味ではそれでもいいのでしょうが、しかし、感動と共に心に安らぎを与えてくれる真の庭と接したいのであれば、他を当たらなければなりません。

古刹の庭などがそのいい例です。精神性や哲学性においては申し分ないでしょう。魂に直接触れて、浄化へと導く気高い何かで包みこんでくれるのですから。

ところが、形式美を徹底して追求し、剪定の極みを施して、その形をきっちりと保ち、苔の果てまで気配りを怠らないことから発生する緊張感が、ときには息苦しさを呼びこんでしまい、場合によっては名付けようもない威圧感すら覚えて、安らぎという点においてマイナスの要因が作用するのです。

神社仏閣という場であるならばそれでもいいのでしょうが、くつろぎの場としての自宅の庭がそうであってはくたびれ果ててしまいます。美意識の低い他人からもらう感嘆のため息に快感を得たいがための庭もまずいですが、園芸家にお任せのがっちりと組み立てられた、完成度は高くても発展性が感じられない庭もまた、住人自身が真からくつろげないという意味において失格でしょう。

家と庭が織り成す理想的な空間は、文学の創作と平行して、この歳になるまで私の背中を押しつづけ、一向に衰えや疲れを見せないところか、今や老いを押し退ける勢いです。

この数十年のあいだに、美に対する価値観が大分変り、それにつれて庭も変わりました。変化の連続でした。文学作品もまた然りです。

これまで誰ももたらしたことのない感動を生み出そうとする熱中と没頭こそが、私を私たらしめているのでしょう。

私の庭と、私の文学が、呆れ返ったような口振りで、ときどきこんなことを尋ねます。

「おまえは何処へ行こうとしているのか？」

「その答えは君たちのなかにあるのでは」と言うしかありません。

不幸を食べて生きてみれば

運気に恵まれた陽性な存在。それはタイハクオウムのバロン君と妻にほかなりません。私がこれほど庭造りに精を出すのは、その両者を喜ばせんがためなのでしょうか。

そもそもかれらとは性合いが根本から異なっているのです。

男がこせこせするのはみっともないと承知しながら、行く先をとつおいつ思案し、その反動としてときたま身の程知らずの愚者になります。結果はもちろん最悪で、ために気ぶっせいな日々を過ごす羽目に陥ります。

不必要なまでに悲嘆に暮れ、苦々しげな口調で自尊の念にケチをつけたり、今や大木の風格を具えてきたブナに指導を仰いでみたりしますが、当然ながらなんの効果も得られません。

「自身を正しく把握しなければいけない」と目顔で知らせるのは、シェードプランツの代表格たるギボウシです。

満足を知らぬ絶えざる願望が、あいにくの雨に洗われています。

雷鳴が朗々と響く声で、愚痴を言い暮らす日々を厳しく非難しています。

立ちこめてきた夕闇が、しゃあしゃあと空涙を流してみせます。

波線を描いて連なる高山が、いかにも大時代な表現で人の世を肯定します。

そして、現象と本質の狭間に辛うじて存在する我が庭は、隣り合って座ることができる気安い相手、つまり、妻とバロン君の価値をこれ以上ないと思えるまでに持ち上げてくれるのです。かれらが不安や苛立ちや悲しみを共有してくれないと思いこんでいたら、それはとんでもない間違いであることも指摘します。

人が人である限り、真に安楽な暮らしは望めません。

人世(じんせい)を構成しているのは、アクシデントと期待外れのふたつです。

死に神はあの世から派遣された特命全権大使なのです。

明日を生きる気持ちが少しでもあったのなら、口にするも忌々しい忍耐力なんぞを涵養(かんよう)

するほかないでしょう。
夏が終わりかけています。
枯れゆく葉にこそ生来の美質が隠されているものなのです。
本当に空々として日を過ごしているのでしょうか。
横合いから差し出がましい口を挟もうと次の季節が隙を窺っています。
それもいいでしょう、なんでもこいです。

極めて温順にして朴訥な性格の夜行性の鳥が、聞く耳を持たないバロン君にこう言ってのけます。
「弱り目に祟り目を餌の足しにすれば」

雨の日の至福

庭造りを始める前までの私の認識はほとんど皮相の世界でした。

要するに、宇宙の偉大さを頭でしか捉えていなかったのです。

ところが、草や木を一本ずつ育て上げてゆくにつれて、そのなんたるかを肌で感じられるようになり、生命の根底に横たわる躍動感の本体に触れることができ、存在と称するものの核心へ迫るとば口についた思いがぐっと強まりました。

このことは純文学という言語芸術の地平を切り拓いてゆく上での源泉となり得ました。

善き誤算というわけです。

きのうに引きつづき、午後からまた雨模様になりました。

大半の植物と同様、私も雨が好きです。あらゆる義務から解放されたかのような、穏やかな気分にどっぷりと浸れるからです。

尤も、攻撃的な態度を取りがちな暴雨は別です。

しとしと降る雨の奥に呑みこまれてゆくのは、自己主張の強い言葉のあれこれであり、不愛想な振舞いのあれこれであり、怒りのざわめきを巻き起こす不安のあれこれであり、誰にも譲り渡せなかった価値観のあれこれであり、依然として不機嫌な感情のあれこれなどです。

そしてその代わりにひたひたと寄せてくるのは、心を和ませて止まない固有の自意識であり、魂の本体を活気づけてくれる真の安らぎであり、目もくらむような自由への帰属意識であり、激情に流されることなく円満に終わるかもしれない生涯への期待であり、敬意をもって遇せられる立場への漠然とした憧れであり、喜悦措(お)くあたわずといった昼と夜であり、夢心地の糖衣にくるまれた浅い眠りです。

妻はというと、雨音に感性の半分を委ね、残りの半分を活用して若かりし頃に作った衣装の手直しに没頭しています。

タイハクオウムのバロン君もまた深い落着きに浸りきって、テレビから流れてくるハモンドB3オルガンの昔懐かしい音色に酔い痴れ、いずれ生存の日々が去り行くことなど想像すらしない、真のくつろぎを得ています。

悪戦苦闘の人生は中断しています。

なんのわだかまりもなく万事が運んでくれそうな雰囲気に変わっています。

啓蒙主義者を頭から馬鹿だと決めつけても叱られないような気がしてなりません。

立場を交換したいくらいに思える相手を一瞬たりとも欲しない雨の日が、地味な分だけ魅惑を伴って密やかに過ぎてゆきます。


バロン君と視線が合うたびに、妻はたぶん胸のうちでこう語りかけているのでしょう。

「いいよね、こんな日って」

生きる楽しみを見つける立ち位置は

葉が大きいことは、狭い空間を埋める庭木として不向きです。

白い花の豪華さと陶酔の香りに魅せられて朴の木を植えてみたことがあるのですが、案の定、成長するにつれて後悔が募ってゆきました。

大した雹ではなくても葉が負ったダメージが目立ち過ぎ、それにまた、秋には茶色に枯れて甚だ風情に欠けるのです。

それでも花から受ける印象は何ものにも代えがたく、諦めてしまうには早いと思って無意味な辛抱を重ねました。

結果としては処分の一手でした。

そこで次に目を付けたのが、マグノリアの仲間であるオオヤマレンゲです。低木な分だけ葉も比較的小さく、茶庭などにはもってこいで、他の植物との協調性も具えながら、控え目な顕示欲も持ち合わせており、晩秋の風情だけはいただけないまでも、花の形状と芳香には芸術的な気品が満ちています。

市販されているのは、主に中国産や園芸種です。それでも日本の山地に生えているオオヤマレンゲと比べてもほとんど遜色はありません。

オオヤマレンゲの花の下で咲くヤマシャクヤクという組み合わせを思いついたときの興奮は、我が長編小説「千日の瑠璃」の構想がひらめいた瞬間に匹敵するほどでした。

しかし、いくらリアリティーに富んだ文学であっても所詮は虚構に留まる世界であり、庭はまさに生きる命が競い合う現実そのものの世界なのです。

書斎ではない地面の上で、事が思い通りに運んでくれることは稀です。生身の人間がひしめく社会ではなおさらです。

小説家にありがちなイメージ先行のために、オオヤマレンゲとヤマシャクヤクの同時開花という夢はあえなく潰えました。時期に差がありました。南北に長い日本のどこかでは上手くゆくかもしれませんが、当地では駄目でした。

それでもまずまずの組み合わせであることは否めません。ヤマシャクヤクの花が散ってからオオヤマレンゲが蕾を膨らませるといった順番も、近頃ではそう悪いとは思えなくなって楽しみのひとつになっています。

生きる楽しみとは、現実に即した自然の流れのなかで発見し、夢や期待を優先させ過ぎた発想に頼るものではないのかもしれません。

さりとて、完全にそれ抜きの人生を送るとなると、これもまた辛いことでしょう。

「枯れた葉がどうであれ、花が気高ければそれでいい」とオオヤマレンゲが言いました。

「わたしらの付ける種が酷似していると思わないかね」とヤマシャクヤクが言いました。

庭に師事する

人間と違って、草木はそれぞれに分限というものをきちんと心得ているようです。そうでなければ過酷な自然環境を長年に亘って生き延びることができません。背負った命そのものが荷厄介となって衰運を辿る羽目になるからでしょう。

現に、地道な努力を実らせようとしない、洒々落々とした態度を気取りがちな、鼻っ柱が強いために敵が多く、あまりに粗野な、仰々しい出で立ちの一部の宿根草は、厳しい現世の営みをつづけられず、生の激流に呑みこまれて消え去るのです。

気立ての好い娘を彷彿とさせる、高貴な性格の、悲惨さの影などどこを探しても感じられない、静かな驚きを秘めた、極めて地味な野草が、鋭い眼力を具えた知性あふるる哲人よろしく、木立の奥まったところでひっそりと花を咲かせています。

たとえばイカリソウです。たとえばヒトリシズカです。たとえばエンレイソウです。渋い雰囲気に驚きを与えるために取り入れたオリエンタルポピーやオリエンタルリリーなどは、寒冷地に適さないのか、数年以内に消えてしまいました。

奇しくも助かった数株が未だに生き延びているのは、おそらくそこが日溜まりだったからでしょう。因みに、増殖の気配は微塵もありません。

倹しい暮らしから生まれる謙抑（けんよく）な態度は植物から学ぶべきなのでしょうか。

気づかないだけで、私は庭造りから数えきれないほどの真理を得ているのかもしれません。そして、それが文学作品にも如実に反映しているのではないでしょうか。あるいは、その自覚はまったくないのですが、人間性のなんたるかという生涯の課題にも影響を与えられていることでしょう。

それが証拠に、人間たることが恨めしかった青春時代を嘆かなくなりました。また、胡散臭そうに世間をじろりと見回す回数も減ってきたように思えます。多義的にして善美なる人物との出会いも拒まなくなりました。青紫の山で咲く深みのある色相の花を思い浮かべただけで、揺らぎかけていた恒常心が立ち直るようになりました。

八十歳を超えて語るべきことではありませんが、いくら言っても言い甲斐のない男から徐々に離脱しつつあるように思える昨今です。

せっかくの苦心も水の泡。精神の矯正に関する番狂わせ。深い恥じ入りや詮無い悲しみ。

それらが冒瀆される宿命の付き物なのだと理会できるようになりました。

蔓性のワイルドローズが言いました。

「幸不幸の糸は縦横に交差しているんだよ」

なかでもお気に入りのリージャンと名付けられているバラがそっと呟きました。

「不適当な考えこそが成長段階の目安だね」

生きて香るべし

人間は別にして、生命をみずから拒絶する生き物などは動物植物を含めて皆無です。良し悪しや好き嫌いという尺度は別にして、何はともあれこの世に生きてしまっているのですから、いかんともしがたい最期が訪れるまで生き抜くしかありません。

そしてそれこそが、唯一無二の生きる目的ということになるのでしょう。ありとあらゆる悪条件に囲まれ、自分で選んだわけではない自分と辛抱強く付き合いながら、がむしゃらに命の糸を紡ぎつづけること自体に存在の意味があるのでしょう。そうとでも思うしかないのがこの世というものです。

何処をどう探しても神など見つかりません。人の弱さと狡さが生み出した幻、それが神の正体なのです。

庭を彩る草木から学んだことは自立と自律の精神にほかなりません。よしんばこの宇宙が、どこかの根性悪が創造した三次元のホログラムだとしても、実存の本当の形が見つからない限りは、今現在のこの状況を現実と受け止めるしかないのです。その上で、考えれば考えるほど理不尽で不条理に思えてしまう現状をきれいさっぱり忘れ去って、ささやかな楽しみを見いだすための日々の営みに没頭する以外に道は見つからないでしょう。

芳香性のシャクヤクを植えてみました。濃厚な紅色の、一重の花が見事に咲きました。香りの広がりの強さは予想を遥かに超えていました。玄関を出た途端に感知されました。まさに驚きです。

数十株のバラを植えていた前庭の数倍もの香りでした。錯覚でしょうか。そう疑って直接嗅いでみました。間違いありません。源は明らかにそこです。

ただ不思議なのは、直接鼻を押し当てても、デッキの外れに身を置いていても、匂いの度合いに大きな差がなかった点です。むしろ、離れていたほうが強く感じられました。どういう仕組みなのかよくわかりませんが、言葉を紡いで芸術の域にまで持って行こうという野心を抱いて長い人生を生きている者にとっては、見逃せない事実となりました。なぜなら、そうした香りの効果こそが私が私の文学に求めて止まないものであったのですから。

感動の発生源の所在が確定できない作品。普遍性の極致。これぞまさに究極の目標と言うべきでしょう。

「生きて香れ」とそのシャクヤクが言いました。

また、こうも言いました。

「その香りを満遍なく漂わせよ」

「それには確信に満ちた、より気高い文章をめざすべし」

小説家らしくない生涯を送る

薫風を縫って呱呱（ここ）の声が聞こえてきてもけっしておかしくはない、そんな気配に満ちあふれた日本晴れの真昼時です。妻とタイハクオウムのバロン君は今、幸運をもたらしてくれそうな午睡に浸って、生きる権利なるものを享有している真っ最中です。

そして働き虫の私はといえば、例によって終わりなき土いじりに没頭しながら、偉大なる文学作品への執拗な思いを白昼夢に託しているところです。

いくら生きても、私と私の庭は老熟の域に達することがありません。

まあ、それもいいでしょう。それが私であり、それが私の庭なのですから。

草木と同様、私もまた深い思慮に支えられて生きているわけではありません。

この世はとうに私という個人に対して不信任案を決議しています。日照りがつづいて一時衰えかけた宿根草が勢力挽回を策しています。頼もしい限りです。

光と熱で着飾った太陽が、「個人の意思を尊重する」と上から目線の物言いでうそぶいています。

友と夜が白むまで語り明かしたり飲み明かしたりした経験がなくても、そのことを悔やんだことはただの一度もありません。八十年間も生きてきたにもかかわらず、幸か不幸か、特筆に値する直接的な出来事とは出くわしませんでした。

それでも内面の表出だけは途切れることなくつづき、執筆は途切れません。一点に目を凝らすと、そこにはまだ見ぬ人間像が佇み、ありとあらゆる花々が咲き乱れています。これ以上何を望めばいいのでしょうか。

いい環境と、いい社会と、いい時代と、いい人生をくぐり抜けてきたとも、また、歓喜の生活を送ったとも断じて言えませんが、それでもしかし、間断なく連なって行くはずと思われた自己嫌悪や自己否定も、認識の限界を迎えて砕け散ったのか、今では名残の断片を見かけるばかりです。

芸術家にありがちな狂気の経験とは無縁のままでした。
徹頭徹尾潑剌とした一時期もなかったように思えます。
さりとて、自分自身との折り合いの付け方には優れていませんでした。
くり返された小さな試練はどれも輝かしく躍動していました。
この面倒な地上生活を終える時、たぶん敗北を自認することはないでしょう。
一番いいのは、未だ完結し得ない文学の世界が果てしなく広がっていることです。

バロン君が目覚めの証として、ひとつ覚えの言葉を発しました。
「ロックンロール！」

その声で目覚めた妻が、「いくらでも眠れるわ」と言いました。

草と木の言い分は

作庭と執筆に的を絞って田舎暮らしをつづけてはいても、独居のなかに安らぎを求めようと考えたことはただの一度もありません。

それはいかにも文士的な発想で、世間から向けられる視線にもたびたび同じものが感じられたりします。しかしながらこの私には自分を文士の端くれと認める自覚がいっさいありません。

では、いったい何者なのかと問われれば、こう答えるしかないでしょう。

可能な限り束縛の数を減らした生涯、ただそれだけが唯一無二の目的である、自由人に憧れつづける〈自由人もどき〉……まあ、ざっとそんなところでしょうか。

これは子どもの頃からの性分なのです。規則や決まりの塊のごとき学校が大嫌いでしたが、他者との交流が大好きで、ただそのためだけの登校であったのです。つまり、生徒の一員に納まる気持ちなどさらさら持ち合わせていない、どの学校にもいる、はみ出し者の典型でした。

その性癖は長ずるにつれて募り、職業人の一員にも、社会人の一員にも、国民の一員にもなりたいとは思わず、「おれはおれで好き勝手に生きるぞ」が信条と言えば信条で、大人げない大人のまま現在に至っているのですから、上等といったところでしょう。

そうした生き方は当然ながら周辺との摩擦が避けられません。避けられなくても最小限に抑えたいという常識くらいは持ち合わせています。ために、そこから派生した妥協点がこうした生活へと導いたのは無理からぬことでしょう。

そんな私にとっては社会も国家も無機的世界そのものなのです。人が人らしく生きられるための条件が時代の流れにつれて減ってゆき、欲望と情念のみが人間らしさの象徴と見なされ、最も肝心な存在の潤いが次々に抜き取られ、カサカサに乾いた合理主義と実利主義が幅を利かせている昨今です。

草木に寄せる思いもまた然りです。

それぞれの植物が抱えこんでいる命を含めた存在として扱わず、眺めず、単なる美のひとつとして扱い、表面的な感動のひとつとして眺めるという、いかにも即物的な接触から得るものは、束の間の、見せかけの、現実逃避の、癒しのための癒しでしかありません。

形式主義に凝り固まった日本庭園がもたらす美と感動を突き詰めてゆくと、日本人の本体と本性が見えてきます。命を命と思わない、個を個と見なさない、全体主義や国家主義や事大主義などが垣間見えると感じるのは、さて私だけなのでしょうか。

「自分たちをどうしたいのか」と庭の草が尋問の口調で訊きます。

「育てたいのか、それとも生殺しにしたいのか」と庭の木が詰問します。

カラスのカー君は妻の子分です

天体力学が命に及ぼす影響がどうであろうと、私と妻とタイハクオウムのバロン君と庭は、きょうもまた疲れを知らぬ能天気な暮らしを送っています。

現実世界に生起する大小の事象のあれこれなんぞに、いったいどれほどの価値があると言うのでしょうか。

いったい何をもって正しい人間観と生活観と言えるのでしょうか。

我らが友としての草木は、常々こんなことを語っています。

おのれの運命を支配するのはおのれ自身でなければならない、と。

たとえ面白くても自由を歪曲する虚構には迂闊に近寄ってはならない、と。

人間愛を高唱したがって旗印を高く掲げる者を不条理の神格化へ導いてはならない、と。

そうした言い分には、確かに動かしがたい道理が感じられます。

しかし、もうこれきり後がない私たちにとって、そんな小難しいあれこれなどどうでもいいことなのです。

どこの誰にも助けを請うたりしない、積極的な逃避行に残生を委ねるばかりです。それで充分でしょう。

先に待ち構えているのが、たとえ複雑な迷路であろうと、たとえ不可知なるもので埋め尽くされた闇あろうと、たとえ思考と行動の様式がでたらめな大混乱であろうと、必要以上に心を煩わすことはないと思います……そうありたいものです。

「長寿を寿ぐにはまだまだ早い」とそんな意味の鳴き声を発しているのは、バロン君ではなく、妻の第一子分たるカラスの「カー君」です。

餌に釣られていつしか腰巾着の役を務めるようになったカー君は、妻が家の外へ出るたびに媚びへつらう態度を取ります。妻も妻で、親分気取りがすっかり板に付き、子分を従えて庭のあちこちをのし歩いています。私はそんな両者に気を遣い、なるべく離れた場所にうずくまりながら存在感を極力弱めて草取りに専念しています。

時の流れは保留されたままピクリとも動きません
心をいちいち煩わせるあれこれが束になって有機肥料の道を辿っています。

どの花からも決定的な批判の言葉は聞かれません。

延命に有利な根拠を成す材料はいっさい見あたりませんが、その逆もまた絶無に思えてしまうのです。

三百五十坪のこの空間にのみ、事実上存在しない何かが感知されるのはなぜでしょうか。

私たちはすでにしてこの世にいないのでしょうか。

つまり、実はここがあの世なのでしょうか。

「認識のすべては錯覚なんだよ」と大木をめざすブナが言い放ちました。

良夜に包みこまれて

風がぱたりと止みました。

月が静かに輝いています。

七面倒くさい話はいっさい聞こえてきません。

おのれの分を尽くすかどうかの課題はどこか遠くへ立ち去りました。

峰々を結ぶ複雑な稜線が、透かし絵を想わせながら仄かに輝いています。

我が家が、なぜか野末の一軒家に感じられるのですが、しかし、だからといって救いがたい孤独感に包まれているわけではありません。

本草学が割って入る隙を与えない庭は黙したまま、不老長生をかなり生々しく表象しています。

　こんな夜もあるのです。

　少なくとも事の本末を思考する雰囲気ではありません。

　言うなれば、沙汰なしの状態に匹敵するのでしょう。

　球面鏡を想わせる望月が、煌々たる輝きでもって天界と地界の境界線を取っ払ってしまいました。

「もう逃げ隠れはしないつもりだ」と、そう深い沈黙によって宣言しているのは、私の背後に項垂れているもうひとりの私なのでしょうか。

「やれやれ、これでひと安心だ」と、そう満足げに呟いているのは、死に神に魂をくり抜かれることを恐れるもうひとりの私なのでしょうか。

　幼かりし頃、野の花の髪飾りを付けて遊んだものだと懐かしげに話す妻の声が、なんだかやまびこのように聞こえてなりません。

　明日には秋の気配が忍び寄ってくるでしょう。そんな予感が頻りです。

　運命を司る何者かの思いのままに導かれた人生、それもひとつの答えでしょう。

　洒々落々とした人物にはとうとうなれませんでした。

というか、本気でなろうとしたことなど一度もなかったのでしょう。

習慣は第二の天性。

そうしたたぐいの言葉も八割方認めます。

胸のうちより消し去ったはずのさまざまな思いが、蠱惑的な月の光の魔力によって、順不同のまま次々に蘇ってきます。

滅多にない、良い晩です。


「死は聖なる消滅である」と流れ星が言いました。

「肉はともあれ、魂は解体されない」と肉眼では捉えられない星が言いました。

最期は如何に

温暖化とやらの影響なのでしょうか。猛暑の夏が例年化してきています。連日の力仕事が祟って疲労でぐったりした体を元に戻すには、やはり睡眠に優るものはありません。肉を纏った自身からひとまず離脱することなのですが、これはもしかすると死の予行演習なのでしょうか。寂滅が熟睡の延長線上に待ち構えていてくれるのであれば、これに勝る最期はないと思います。目覚めたら、そこはあの世だったという終わり方を理想とする人々の数はとても多く、私もその一人です。

しかし、残念なことに、そうした至福を迎えられたという話を身近に聞いた例はたったひとつしかありませんから、奇跡に近い確率なのでしょう。七転八倒の末の絶命でなければば上出来としなければいけないと思う昨今です。

草木とても死は避けられません。寿命が尽きるという形で斃れる植物は稀で、そのほとんどが外的要因です。とりわけ庭のような限られた人工的な空間で、不自然な過保護を与えられたことによる悪影響には大きなものがあります。

根の重なり合いによる淘汰、幹の奥まで潜りこんだカミキリムシの幼虫、肥料焼け、大木が影響の日光不足、強過ぎた剪定、予想以上の熱波と寒波の襲来、若葉を吹き飛ばす強風、正体不明の病原菌……。

まあ、人間と大差ありません。生の宿命といったところでしょうか。

昼寝から目覚めるたびに、また、ベッドで朝を迎えるたびに、「ああ、まだ生きているな」と思うようになって久しいのですが、近頃ではそうした感慨も大分薄れてきて、こうした執筆と作庭の日々が永遠に保たれるかのような方向へ、若い頃とは少し様子が異なる理会をもって傾きつつあるようです。

そうです、こうした能天気な気分に浸ることによって老いと死を幻の彼方へと遠ざけられるのです。出来得れば、こうした気の持ちようが心肺停止状態の寸前まで持続してほしいものですが、正直、その可能性はかなり低いでしょう。

じたばた、あくせくの連続こそが生の証にほかなりません。

長いこと生きた答えがそれです。

とはいえ、いつしか〈人生百年〉が普通に言われる時代になってきています。

今後の私にその希望的観測の尺度が通用するかどうかは別にして、生きているあいだだけは精神労働と肉体労働のバランスが取れていることを願うばかりです。妻やタイハクオウムのバロン君のみならず、自分自身が誰であるかもわからなくなる立場はごめんです。


そんな私に庭の草木が揶揄の口調でこう言います。

「見届けてやるよ」

「はてさて、いかなる最期を迎えることやら」

待つことの楽しみ

中国において、比較的最近に発見された蔓性のバラがあります。リージャンと名付けられたそのバラの美しさをどう表現すればわからないほど気に入っています。色といい、姿といい、現代バラに匹敵する華やかさと艶やかさを具えていながら、しかし、人の手が入ったことによる園芸種の白々しさがまったく感じられず、奥行きの深さがしっとりとした色合いに滲み、得も言われぬ感動を与えてくれるのです。

蔓バラをクレマチスといっしょに壁に這わせるのも悪くはないのですが、それだとリージャンの風情と魅力が半減されてしまうように思え、モミジやエゴノキやブナにからませてみました。ビンゴでした。素晴らしい景色です。満開を迎えても、これ見よがしのけばけばしさが微塵も感じられません。

原生種が有する、控え目にして凛とした美には、生命の根源の床しさを示唆する偉大な力が秘められているようです。だからこそ、長年の観賞に耐えるのでしょう。

そこで増やすことにしました。

これまで試したのは根分けの方法ですが、今回はそれが無理なので挿し木に決めました。ちょっと風変わりなやり方に挑んでみました。元気のいい枝を二十センチほどに詰めてから、一番上の葉だけを残し、それをなんとバナナに突き刺すのです。そしてバナナごと鉢に入れた土に植え、水をたっぷり与えて、およそ二ヶ月間待ちます。本当にこんなことでいいのでしょうか。大いに疑念が残るところです。

葉が枯れてきたら失敗で、いつまでも青々としていたら根を出す方向に進んでいる証拠だそうです。ともあれ、数は多めにしておきました。結果が楽しみです。これで上手くゆくのなら、好きなツツジでもやってみるつもりです。

庭造りの楽しみは、なんと言っても期待へのわくわく感でしょう。

併せて得られるのは、時間のなんたるかであり、その魔力的な効果の引き出し方であり、このことは長編作品の執筆という気の遠くなる作業の負担を半減させてくれたのです。

時短という意味ではありません。歳月とどう向き合い、どう味方に付けるかという、人生にとっては非常に大事な鍵の入手方法のことです。

むろん、短気な性格は治りません。それでも庭造りに没頭するようになってからというもの、待てない男から待てる男に少しずつ変わってゆきました。とりわけ書き溜めることへの醍醐味を知って、今現在を充足させる意義を悟ったのです。思えば、八十年の人生において最高最大の収穫ではなかったでしょうか。

得意げな私に向かって庭が言い放ちました。

「おまえの女房なんぞは最初からそうやって生きているぞ」

確かに……。

悔やむばかりの生

むせ返る花々の芳香のなかで窒息させられ、命という軛（くびき）から解き放たれ、来世を夢見る軌道に乗ることができたらどれほど素晴らしいでしょう。そうしたたぐいの憧れは、なんとしてもこの世を生き抜いてみせるという決意と必ずしも矛盾しません。

草木と違って、人間の思いはあまりに複雑で、状況次第でころころ変わります。

運命を司る誰かの口癖ときたら、「悪いようにはしない」と相場が決まっているのですが、しかし、それが筋の通った言い分であったためしはありません。常に曲論に終始するのが普通です。

肉体はやむを得ないとしても、老いと精神の低下が抱き合わせとなって迫りくる状況はまっぴらです。気の持ちようや暴飲暴食を避けることでそうした悲劇から逃れられるのだとしたら、ぜひとも試すべきで、それこそが知的生命体に負わされた責務というものです。

かつてヤドリギの総攻撃を受けたイタヤカエデが、いよいよこれからという成長段階において死の色をますます深めています。こうなると手の打ちようがありません。枯れた枝を払ってみたところで気休めにしかならず、どうにか葉をつけている枝も再生復活の道は閉ざされたようで、衰退の方向へ急速に傾いています。

専門家に依頼すれば、おそらくクレーン車を持ちこんで梢から根元へ向かって処理するしかほかに手はないでしょう。問題なのは、立派に育ったその大木にワイルド系の蔓バラがしっかりと絡まっていることです。毎年優雅な白い花で空間を彩ってくれています。

残された方法は、放っておくことでしょうか。強風と雪によって枯れたところから落下する様を注意深く辛抱強く見守り、自然崩壊を待つのが最善策ではないかという希望的観測にしがみついているばかりです。一挙の倒木という過激な最期が訪れないことを願っているうちに、頭上を見上げる癖が板に付いてしまいました。

そうした慢性的な不安は、人生におけるそれにそっくりではないかと思ってみたりもします。理想的な生き方が可能な立場の人も少しはいますが、実態はそうなれない人々が大半を占めているのです。それこそがこの世の厳然たる実情にほかなりません。

思いのままにならない多くの人々は、好むと好まざるとに関わらず、闘う日々に果敢に挑むしかありません。ほかにどうしようもないのです。生きる意味と意義をそこに見いだすしかないのであれば、そうするしかないでしょう。

瀕死のイタヤカエデが弱音を吐きました。

「次は動物に生まれ変わりたい」

動物の私はすぐさま言い返しました。

「やめておけ。後悔の連続だぞ」

残るも消えるも運次第

ごくごく凡庸なツユクサの花であっても、植えられた場所と視線を浴びる時間帯によっては、輝ける暁の明星以上に詩的な理念を醸す瞬間があるのです。

事程左様に美の法則というのは千変万化に彩られ、一概にこうだ、ああだとは決めつけられません。それが創作の面白いところであり、醍醐味でもあります。

ふとした感興から発した、どこまでも趣味としての作庭ではありますが、しかし、歳月を味方に付けて没頭しているうちに、甲斐なき行為の負い目からどんどん離れてゆき、今ではもう、心のみならず魂をも捉えて放さない生きる証にまで昇華し、文芸と同様に労を惜しまなくなってきています。

背後に項垂れているもうひとりの自分が悲しい思いに襲われたとき、必ずしも執筆が問題の解決に繋がるわけではなくても、なぜか草木のひとつひとつが惨めな立場をいちいち弁護してくれるのです。みずからの本質を見失ってしまう持って回った言い回しが、痛烈な指弾の対象が、法秩序に纏わる大論争が、命への無条件の否定が、不純な動機が、もっぱら徒労に費やされた人生が、いつしかシークレットガーデンの様相を呈してきたこの空間の隅々に溶けてゆきます。

とはいえ、まだまだとば口の段階で、発展途上もいいところです。凄味のある庭に育つまでにはあと幾年も必要でしょう。それまでこっちの寿命が持つかどうかは疑問です。でも、涙を呑んで諦める覚悟はとうにできています。

何はともあれ、色彩と芳香が示してくれる温情には感謝するほかありません。

自虐的行為に誤解されるかもしれない土いじりが心に鮮やかな印象を刻します。

ここには余計な邪魔立てをする者がおらず、いたとしてもそれは私自身でしょう。

挫折と消滅は世の習いです。

そのくり返しが永遠をもたらしているようです。

きょう、花はごく普通でも、葉の色が黄色という、園芸種のツユクサを植えてみました。緑一色の広がりのアクセントになればと期待したのです。

さて、その効果の程はどうでしょうか。想定の内側に留まってくれるのでしょうか。それとも浮き過ぎて雰囲気をぶち壊しにしてしまうのでしょうか。あるいは、園芸種にありがちな脆弱さが祟って数年以内に消えるのでしょうか。

それでも試してみる価値はありそうです。

思えば、私がくぐり抜けてきた八十年もだいたいそんな調子でした。


しぶとさでは負けないナデシコの仲間が言いました。

「ツユクサは強いよ」

咲き分けのキキョウがそれを聞いて大きく頷きました。

生は奮闘　死は休息

花の効果は、なんと言っても悲哀の情を最小限に抑えてくれることでしょう。

絶頂期を迎えた花を前にすれば、断ち切りがたいものが半減し、命の絶えざる流れが永遠を錯覚させ、懸命に節度を守ることの馬鹿らしさに気づき、慣行なんぞにいちいち捉われるべきではないとわかり、臨終の訪れをきれいさっぱり忘れ去ってしまうのです。

薄汚れた世間から吹きつけてくるおぞましい風がこの庭を通り抜ける際、時々の花によって濾過され、私や妻やタイハクオウムのバロン君の肺に吸いこまれるときにはすでにして生々の気と化しているのです。

おかげで三者共に、今なおこうして元気でいられるのでしょう。

有り余るとは言えないまでも、年相応よりはいくらかましな体力を残している私は、連日雑草退治に没頭しています。

それでなくても庭仕事に終わりはありません。やるべきことが倍加されてゆきます。追いつけるはずもなく、後手後手に回る毎日が延々とつづき、体がいくつあっても足りません。そして歳月が充足の流れに乗って、あるのかないのか定かでない未来へと私たち三つの命を運んで行きます。

まさに夢のごとき実感なのでしょうか。

さもなければ、幻と決めつけてもいい人生なのでしょうか。

紛うことなくこの空間に身を置いているのでしょうか。

そうした存在の曖昧さはともかく、もしかするとこれが真の幸福なのかもしれないという錯覚に酔い痴れさせてくれるのが、気に入りの花々です。

庭が与えてくれる陶酔感は秋の終わりまで持続します。

冬の到来の合図でもあるかのように、あるいは、厳冬を控えて腹を括った生き物たちにその年最後の感動を味わってもらおうとしているかのように、それはもう見事な紅葉をスターマインよろしく打ち上げて見せるのです。

しかし、厳選されて持ちこまれた草木に全責任を負う私としては、感動に酔い痴れてばかりはいられません。落ち葉の片づけ、剪定作業、来春のための草取り、植え替え、雪囲い、敷石の配置換え、さらなる発展をめざしての苗の購入……これを面倒がるようでは作庭に手を出さないほうがいいでしょう。というか、そんな根性では本業も無理でしょう。というか、生きることさえ不可能でしょう。

生とは奮闘そのものです。
死とはそれに相応しい休息です。

地面から消えかけている宿根草が挙って言いました。
「来春に期待してくれてもいいよ」

まあ、こんなものでしょう

人の世は死ぬまでの暇つぶしと、そう自虐的な解釈を加えながら、その時々の衝動的な感興に従って、若い頃から、否、少年時代からずっと生きてきました。だからといって、反社会的な生きざまを送ることが目標だったわけではありません。でも、どうやら道はそっちの方向で切り拓かれてきたようです。まあ、それでも一向に構いません。

文学的な執筆然り、作庭然り、ほかのあれやこれやもまた然りです。早い話が、収入の高低より何より、それが面白い事であるかどうかを最優先に人間であることの日々を楽しんできたというわけです。当然ながら生活は不安定なものと化しましたが、それもまた一興として受け止めてきました。つまり、暮らしてゆけるかどうかも危ぶまれる収入であっても〈あぶく銭〉の感が否めない、やくざな立場を満喫していたのでしょう。

自分がかくありたいと願う人物像は、青春時代においては、初めて社会の敵と称され、悪名を馳せたかの銀行強盗、ジョン・デリンジャーその人でした。私にとっては唯一無二の傑作である長編詩「草の葉」の作者、ウォルト・ホイットマンですら憧れの的から外されていたのです。良いか悪いか、好きか嫌いかは別にして、私はそうした一介の男としての自分を卑下しながらも、最終的には受け容れてきました。

正義の人を尊敬の眼差しで見ることは大いにあり得るのですが、しかし、そうなりたいと思ったことはまったくありません。私を構成するすべての条件を自身で選んだわけではないこの私が、どんなに無様でどんなに醜い人生を歩もうと知ったことではないという、無責任な居直りの基盤にでんと陣取ってきた八十年というわけです。その件で他人からあだこうだと言われてもびくともしないのはどうしてなのでしょうか。不思議です。

庭の草木も、庭を訪れる野生動物も、そして妻も、タイハクオウムのバロン君も、自分が自分であることにいささかの疑念も抱かず、この世を生きる命という不自由な存在に不満をいっさい持たず、一瞬一瞬の感情の移り変わりを存分に満喫し、明日を思い煩うことなど間違ってもありません。哲学や思想を遥かに超越した次元で生きているのでしょう。

幸いにも、恐ろしい仕事に身を委ねなくて済みました。

幸いにも、曲がりなりにも一本芯の通った文学の道を、ときおりふらふらしながらもどうにか歩むことができました。

幸いにも、屈折が激しい正確の持ち主であろうとなかろうと、私は私で在りつづけられました。

そして幸いにも、発展性に彩られた文学と庭に未だにかかずらっていることが可能なのです。


妻の第一子分たるカラスのカー君が、こんな意味を含めた声で鳴きました。

「人生なんて、そんなところでよしとしなければね」

酒を飲むのは人間だけ

酒好きの知人に囲まれて生きてきました。なかには正体を失うほど飲む者も少なくありません。世界はアルコールで回っています。それが偽らざる実態であり、押しも押されもしない真理であるのかもしれません。

二十歳を過ぎた頃から酒を口にしていないのは、体質に合っていないことも確かにあるのでしょうが、しかし、それ以上に酔いの質を忌み嫌っていたからです。

一端の大人がそこまで腑抜け状態になってしまうのが、気を張って生きることをよしとする私のようなタイプには我慢ならないのでしょう。

もちろん、複雑な精神構造を有する人間はストレスが溜まり易く、それの定期的な発散が必要不可欠であり、上手く解消するには痺れるような陶酔が最適であることはよくわかっているつもりです。

問題なのはその陶酔の種類です。飲めばたちまち酔えて憂き世を忘れるという、あまりに手っ取り早く、安直な手段は、その裏返しとしてさまざまな副作用を伴って当然であるのですが、依存度が募って人生の道を踏み誤った者は数知れません。危険極まりない現実逃避であり自己逃避であって、「酒は文化」のひと言にすがってすまし顔でいられるはずがないのです。酒や薬物がもたらす、あまりに単刀直入で短絡的な陶酔が、肉体と精神に善き影響を及ぼすわけはありません。

かく言う私にも、この過酷な世を生き抜くための陶酔は必須条件です。

それが文学であり、音楽であり、草木であって、どれも欠かせません。それ無しではここまで生きてこられず、たとえ生が継続されたとしてもそれは動物的な延命にほかならず、人間らしい人間としての、要するに精神的なものではなかったでしょう。

とりわけ自身で作った庭の効果は絶大で、そこから放たれる陶酔は体に無害であるばかりか、却ってためになり、ひたひたと押し寄せる感動は魂にまで達して、私という個人を構成する何もかもに再生復活の力を授けているように思えてなりません。

安易な快楽が破壊や破滅をもたらすのは当然です。その即効性故に破局を差し招く勢いも尋常一様ではありません。

しかし、酒の害はそれだけに留まらず、ただでさえ実感の少ない人生をさらに朧げなものに変えて、いずれは廃人の方向へと連れ去られてしまうのです。

芸術鑑賞や美の創作のたぐいから得られる陶酔は、確かに控えめで、脳細胞を直接麻痺させる酒やクスリと比べたらかなり地味なのですが、反面、人をさらに人として高めてくれる発展性を秘めており、少なくとも未来をみずから閉ざすような道には誘いこみません。

「世に酒にしくものはない」という大多数の声は、それ無しでも充足感を得ている動植物たちの生気にたちまちかき消されてゆきます。

孤立した個人ではありません

残暑を巧みに縫いながら晩夏にそっと忍び寄ってくるのは、秋に特有の、人間だけに特有の切なさでしょうか。そしてそれが察知されるや、人生に対するなんとも割り切れない気持ちが心にひたひたと侵入してくるのです。

とりわけ、図らずも長く生きてしまった物書きにとっては、老犬が日々味わうであろう無常観が募り、たとえ命に直接かかわる大事に巻きこまれていなくとも、ふと荘厳な面持ちになる刹那が訪れます。

とはいえ、眼前に横たわる終着点の有り様を心配しているというわけではありません。また、業火に焼かれるという地獄の沙汰を気に病んでいるのでもありません。それに、その憂愁が耐えがたいということでもないのです。

摩滅した生命力を惜しんではいません。苦渋に満ちた経験を通じて神経をすり減らしてきたという実感もありません。後悔と反省は数知れなくても、良きにつけ悪しきにつけ、おのれに不似合いな人生を送ってしまったという自覚はまったくないのです。

私は常に私で在りつづけてきました。つまり、単純にして複雑、正にして邪という屈折の度合いが強いことで、人間とは何か、この世とは何かという永遠不滅のテーマを文学に持ちこむことができ、今なおそこを掘り下げながら続行中です。

しかし、直言しておきますが、我が国の文化のレベルは中途半端で、それらしく見えればよしする程度でしかありません。なお且つ、権力に弱く、従って権威的であり、家元制度的であるが故に、本来在るべき姿の進化と深化の道を辿れないまま、青枯れ病や立ち枯れ病にやられ、当然の結果として瀕死の状態に陥りました。

世界に冠たる言葉であるにもかかわらず、それにふさわしい言語芸術の域にいつまでも達しない、というか、むしろ後退を止められない、甚だもって残念な状況を承知の上で、関係者の大半を敵に回してでも真の文学をめざさなければと意を決し、所帯臭い苦労を覚悟で突き進めたのは、ひとえに庭の力のおかげなのかもしれません。

庭の何がどんな力をもって私の孤軍奮闘を支えてくれたのかについては具体的に挙げられないのですが、確かにそれを感じます。地べたを這いずり回るたびに気力と体力が老いとは正反対へ向かっていることがはっきりと自覚され、創作意欲が倍加されます。断っておきますが、私は孤立した個人の立場にいません。その一環として、次世代を担う真の書き手を応援しています。ちょっと背中を押しただけなのに、我が庭の草木以上に、かれらは自身も気づかなかった潜在的な才能を開花させつつあります。


直接ではありませんが、妻にはいつも胸のうちでこう言っています。

「おまえは何もしなくていい。ただそこにそうしていてくれるだけでいい」

タイハクオウムのバロン君にも同じことを。

奴隷にはならない

私にとって読書の最大の悦びは、文学書との触れ合いでもなければ、また、哲学書や思想書や法典との出会いでもありません。

年に二度ほど、春と秋の前に送られてくる、大手育苗業者のカタログとの出会いこそがまさにそれなのです。もちろん、全部が全部素晴らしいというわけではなく、景気が後退してからは野菜の種苗に焦点が絞られてきており、残念です。

とはいえ、花の種や苗、庭園樹の苗木なども紹介されているのですが、やはりこれも「おばちゃんガーデニング」を対象にした、色彩が派手派手の草花が主体で、本格的な作庭をめざす者には物足りません。

時代の流れは、現実路線への切り替えが急速に進んで、その分、心のゆとりを失いつつあるようです。花どころではないのでしょう。無理からぬことです。

資本主義経済が煮詰まるだけ煮詰まって、自由主義の名のもとに階級社会がどんどん固定化されつつあります。つまり、工夫や努力によって小さな成功への道が切り拓かれる可能性が大幅に減少し、下手に動けば大失敗を招く危険性が高まっているのです。

となると、後はもう生活費を切り詰めるという自己防衛の手段しか残されていません。そしてこの際、国民のためを本気で願う国家など世界のどこにも存在しないという常識を改めて認識しておきましょう。

そうです。理想的に思える政治体制であっても、国家とは結局、支配層のために存在するのです。このことは、現実中の現実であり、真理中の真理であって、体裁の違いこそあれ、今の時代も根本は中世の時代となんら変わりません。

特定少数の支配層は、不特定多数の人々に国民の一員であるという偽りの自覚を持たせながら、実に巧妙な手口で奴隷化を進めてきました。これが近代社会の実態です。

とりわけ事大主義に凝り固まっている日本人は、良きにつけ悪しきにつけ、何事においても隣人と肩を並べられるかどうかを必要以上に気にかけ、集団のなかに個を埋没させて生きる種類の昆虫に似ており、忖度や協調を第一義とする、なんとも没個人の、奇々怪々たる珍しい人種で、ために、ひとたび国家全体が破局へと傾くや、あっという間にそうなってしまいます。歴史がそのことを如実に物語っています。

愛国者気取りの御用文化人が何をほざこうとも、どう言い繕おうとも、この厳然たる事実はまったく揺らぎません。

おそらく千年後も同じでしょう。千年持てばの話ですが……。

「自分たちはおまえの奴隷ではないからな」と庭の草木が私に言いました。

「それはこっちも同じことだ」と私。

再生への道

紅葉の気配は、春の訪れとはまたひと味違った期待感と高揚感を差し招きます。

身勝手に生き、醒めた知恵に頼り、社会性の外に身を置きつづける、こんな自分に守り神なる何者かが付き添ってくれているとはとても思えないのですが、しかし、後期高齢者になって執筆と作庭に渾身の力を込めるようになってからは、草木がその役目を果たしてくれているように思えてなりません。

守ってくれているというより、見守ってくれているような気がします。

そしてそれが最も生々しく実感できるのは、開花の季節ではなく、秋の終わり、十月の末から十一月の初めにかけての十日間ほどで、濃淡さまざまな暖色系に彩られた葉に包みこまれるその時期、この世に属するすべてが存在に値し、生きるに値すると思えます。なお且つ、世に打ち克つ力が全身に漲って、さりとて無用な怒りは湧かず、堅忍や勇気も必要なくなり、世の拗ね者や痴人のたぐいから遠く離れてゆき、壮健に暮らしている自覚がさらに募ります。

はらはらと散る色づいた落ち葉に囲まれていると、らしくもない従順で寛容な人物へ近づけたかのごとき錯覚に包みこまれ、綺麗に身を処すことや精神の再編が可能に思えてきたりするのはいったいどうしてなのでしょうか。

そんな私はこの世を手元に引き寄せ、この世は私を抱き寄せます。

八十の齢を押して晴朗無比なる境地へ突き進む力でも授かったのでしょうか。

多義的生命の在り方の謎が解けた気がしてなりません。

さらには、比類なき存在と化したような甚だしい勘違いが生じます。

完遂には程遠い我が生涯に対して、その中途半端な志の有り様を嘉する声さえ聞こえてきます。

紅葉の絶頂期が訪れた夜明けには、あまり褒められた者ではない私という個我の立場が異様なまでに高くせり上がるのです。

截然と分け隔てられていた生と死が溶け合って、ひとつの恍惚と化しています。排除しようと努めてきたもうひとりの私が、肩が触れ合うほど近くに佇んでいます。陶酔状態の両人は互いに、「詫び言はもう聞きたくない」と、広い枠組みの沈黙のなかで語っています。

やりかけの仕事はあっても、やり遂げなければならない仕事はありません。そう言い切れる稀有な季節なのです。

余生の担保を夫婦愛のなかに探す日々がつづいています。

仲を取り持つのはタイハクオウムのバロン君と庭の草木にほかなりません。

「また来年」と呟きながら、赤や黄色の葉が有機肥料としての再生の道を辿り始めます。

本エッセイの一部は、いぬわし書房ホームページ
［https://inuwashishobo.amebaownd.com］
に連載された。

丸山健二（まるやま　けんじ）

1943年、長野県飯山市に生まれる。仙台電波高等学校卒業後、東京の商社に勤務。66年、「夏の流れ」で文學界新人賞を受賞。翌年、同作で第56回芥川賞を史上最年少（当時）で受賞し、作家活動に入る。68年に郷里の長野県に移住後、文壇とは一線を画した独自の創作活動を続ける。主な作品に『雨のドラゴン』『ときめきに死す』『月に泣く』『水の家族』『千日の瑠璃』『争いの樹の下で』ほか多数。趣味として始めた作庭は次第にその範疇を越えて創作に欠かせないものとなり、庭づくりを題材にした写真と文章をまとめた本も多い。また、2020年に「いぬわし書房」を設立し、長編小説『ブラック・ハイビスカス』（全4巻）を、23年、『風死す』（全4巻）を刊行。出版活動のほか〈丸山健二塾＆オンラインサロン〉や〈丸山健二文学賞〉なども運営している。

●いぬわし書房ホームページ●
［https://inuwashishobo.amebaownd.com］

言の葉便り　花便り
北アルプス山麓から

2024年10月20日　印刷
2024年10月25日　発行

著 者　丸山健二

発行人　大槻慎二
発行所　株式会社 田畑書店
〒130-0025　東京都墨田区千歳2-13-4　跳豊ビル301
tel 03-6272-5718　fax 03-6659-6506
装幀・本文組版　田畑書店デザイン室
印刷・製本　モリモト印刷株式会社

Printed in Japan
ISBN978-4-8038-0450-8 C0095
定価はカバーに表示してあります